国民阅读文库

彩图版中国历史故事系列

Illustrated Chinese History Stories

宋辽金故事

韩震 ◎ 主编

吉林出版集团股份有限公司

图书在版编目（CIP）数据

宋辽金故事 / 韩震主编. —长春：吉林出版集团股
份有限公司，2011.1（2024.2 重印）
（国民阅读文库·彩图版中国历史故事系列）
ISBN 978-7-5463-4581-9

Ⅰ.①宋… Ⅱ.①韩… Ⅲ.①中国－古代史－辽宋金
元时代－通俗读物 Ⅳ.①K240.9

中国版本图书馆 CIP 数据核字(2010)第 254389 号

宋辽金故事　　韩震　主编

出版策划：崔文辉		文字撰写：黎　明	
选题策划：赵晓星		设计制作：永乐图文	
责任编辑：刘虹伯		插图绘制：北京星蔚时代	
责任校对：邓晓溪			

出　　版：吉林出版集团股份有限公司
　　　　　（长春市福祉大路 5788 号，邮政编码 130021）
发　　行：吉林出版集团译文图书经营有限公司
电　　话：总编办 0431-81629909　　营销部 0431-81629880/81629881
印　　刷：三河市华阳宏泰纸制品有限公司
开　　本：787mm × 1092mm　　1/16
印　　张：10
字　　数：120 千字
版　　次：2011 年 1 月第 1 版
印　　次：2024 年 2 月第 6 次印刷
定　　价：49.80 元

总 序

　　人们常说开卷有益，因为读书可以让人分享更多的经验、了解更多的知识、感悟更多的情感、领会更多的道理、内化更多的智慧。作为人类进步的阶梯，人类须臾不能离开图书的支撑。

　　图书的力量是由语言所内涵的经验、知识、思想、文化和智慧构成的。作为万物的灵长，人类命定是与语言联系在一起的。语言是人类精神生存的家园。如果说口头语言扩展了人类交流经验知识的内涵，文字语言却进一步使人类理智具有了超越时空的力量。图书，无论介质怎样，也不管形式如何，都无非是把文字语言加以整理保存下来的形式而已。有了图书，在前人那里或他人那里作为认识结论或终点的知识，都可以成为我们进一步探索的起点。假如没有图书，知识将随着掌握者肉体的死亡而消失；有了图书，所有的知识都可以积累起来，传递下去。

　　图书所体现的文字语言的力量，是通过阅读形成的。阅读，或同意、或保留、或质疑、或辩驳，都可以激活人们的思想力、想象力、创造力，都可以感染人们的人性情怀和情感世界。文字符号必须通过与鲜活头脑的碰撞，才能擦出思想的火花。只有通过阅读，冰冷的符号才能迸发出智慧的火焰。因此，图书不只是为了珍藏，更是为了人们的阅读。各种媒介的书写——甲骨文、竹简、莎草纸、牛皮卷、石碑、木刻本、铅印本、激光照排、电子版——都须在人们的阅读中，才能发挥传递知识、传承文明、激发智慧的功能。

　　阅读犹如划破时空边界的闪电，使知识的传递和思想的交流不再限于一定时空体系内面对面的直接的人际交流。在这个意义上，读书已经构成超越时空的力量。

　　阅读是照亮晦暗不明的历史档案馆的明灯。通过文字的记载、叙述与说明，书籍使人类的知识、思想、情感和文化跨越了历史的长河，形成了文化传承的绵延纽结。通过阅读，我们可以与古代的先哲前贤进行思想对

话。阅读《诗经》，似乎是让我们穿越时空隧道，回到几千年前的远古时期，感悟古代神州各地先民的所求所望；阅读经典，也能够让我们与老子、孔子、庄子、孟子、韩愈、柳宗元、苏轼、朱熹、康有为、梁启超、孙中山等无数先哲对话切磋……

阅读是连通不同文化之间鸿沟的桥梁。通过读书，我们不仅了解了中国古代思想家的理想与追求，还了解了古希腊苏格拉底、柏拉图、亚里士多德等哲学家的关注与思考；通过读书，我们知道了洛克、伏尔泰、狄德罗、卢梭、康德等启蒙思想家的探索与呐喊；通过读书，我们也可以与非洲、拉丁美洲、欧洲的人们一起，对现代世界或感同身受，或看法不一……

阅读关系每个国民的科学素质和文化素养。读书往往决定一个人的文化修养、知识广度和思想境界。阅读，让我们与伟大的心灵对话，与智慧的头脑同行。有了阅读，每个人都可以站在巨人的肩上！阅读，不仅让人有知识，而且有文化；不仅有能力，而且有智慧；不仅有头脑，而且有心灵。所以，人们说，书读多时气自华。在一定意义上说，你阅读什么书，你就是什么人；你的阅读水平，也就是你作为人的生存状态或生存样式。谁阅读的书更多些，谁的知识视阈也就更广阔些；谁阅读的书更多些，谁的精神世界也就更丰富些。

阅读关系一个民族的素质和质量，影响一个国家的前途和命运。如果说一个不读书的民族是没有希望的，那么善于读书、勤于阅读的民族才会有光明的未来。国民阅读能力和阅读水平，在很大程度上决定一个民族的基本素质、创造能力和发展潜力。善于阅读的民族，才能扬弃地继承本民族的优良文化传统，才能批判地吸纳世界各国最优秀的思想成果。一个民族的精神发育史，就是一个民族的阅读史。如果说阅读可以让一个人站在巨人肩上前行，那么一个善于阅读的民族就是站在人类文化成果的最高峰进步。在这个意义上，实现中华民族伟大复兴的愿景就有赖于全体国民的阅读。

　　历史早已证明：无论是传承传统文化，还是引进外来文化，无论是学习已有的知识，还是探索新的可能，图书都是不可或缺的有效载体或工具。但图书的作用不能仅仅是静静地摆在图书馆的书架上，而是让所有国民有更多的阅读机会。让更多的人有更多的阅读机会，就成为摆在我们面前的愿景。

　　吉林出版集团推出《国民阅读文库》，可谓应运而生，恰逢其时。这套内容丰富、体系宏大的丛书，面向全体国民一生的阅读需要，以通俗易懂、简洁明快、图文并茂的方式，辅以光盘等现代数字媒介，着眼国民需要，方便大众阅读。其受众对象，从幼儿到老年、从农民到工人、从群众到干部，包括所有群体，无一遗漏；其内容涵盖，从哲学社会科学、自然科学至日常生活、艺术审美、休闲娱乐，无所不包。编辑出版这套丛书，目的就是为了更有效地弘扬中国传统文化的精髓，吸纳全人类优秀文化的精华，传播人类最新知识和思想文化成果。

　　总之，这套丛书按照系统的整体思想，提出自己的独特出版规划，全面涵盖了读者群体与知识领域；这样的出版规划，旨在为全体公民提供一生的文化营养，构筑新时代国民的精神家园。希望有更多的人，流连于这片知识的海洋，漫步在这块思想的沃土，在这里汲取营养，在这里学习知识，在这里滋润情感，在这里丰富心灵，在这里提升能力，在这里升华理想。

　　祝愿各位读者与《国民阅读文库》同行，做一个终生阅读者，在阅读中获得快乐，在阅读中得到成长，在阅读中寻找成功，在阅读中度过有意义的人生！

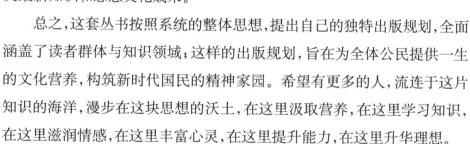

前言

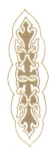

中华民族是一个有着五千年历史的文明古国，在漫漫的历史长河中，深深地烙下了自己的印迹。每一个重大的历史事件，每一位英雄伟人，就像是历史长河中的一幅图片，编织着五千年的历史画卷，见证着伟大民族的兴衰历程。

少年是国家的栋梁、民族的希望。在竞争激烈的当代，中国能否成为顶尖的世界强国，全在于少年的努力——"少年强则国强"。而历史是少年最好的老师，它像一面镜子映射出中华民族五千年的兴衰荣辱，我想每一个热爱生活的少年，都应该去了解祖国的历史，了解那些惊心动魄的历史画面和叱咤风云的时代缔造者。少年只有了解了中华民族的发展轨迹，才能从前人身上吸取经验和教训，从而更深刻地认识自己，正视现实，展望未来。

出于上述的目的，我们编纂了这套丛书。针对少年儿童的阅读兴趣，略去了传统中国通史严肃的叙述方式和枯燥的记叙手法，而选取了历朝历代最具特色的人物及历史事件；用生动的语言，以讲故事的叙事方法，将一个个历史事件娓娓道来。让小读者在阅读故事的同时，不知不觉便了解了中国几千年辉煌的历史。另外，为了消除阅读障碍，我们特别给生僻字标注了拼音；为了扩展知识面，我们特别增加了知识链接的小栏目。

读史使人明智，鉴史可知兴衰。到达知识的彼岸，需要我们不懈地努力，"路漫漫其修远兮，吾将上下而求索"，真心地祝愿我们的少年朋友能够在这套丛书中学到知识，增长见识，为中华民族的腾飞贡献自己的力量。

目录

陈桥兵变

从公元 907 年至 960 年，是历史上的五代十国时期。这期间，中原大地一会儿建立一个国家，一会儿换一个皇帝，还连年打仗，弄得百姓们困苦不堪，人民非常盼望全国统一。

后周世宗柴荣本来有统一的志向，可惜他死得早。周世宗死后，他七岁的儿子柴宗训即位，就是周恭帝。周恭帝什么都不太懂，显然不能完成统一的任务。于是，很多人就把希望寄托在了后周大将赵匡胤(yìn)身上。

赵匡胤出生在河南洛阳，他们家世代都是将军。他长大后也是一表人才，武艺高强。后周太祖郭威在世的时候，赵匡胤就参了军，跟随郭威南征北战，立下了很大的功劳。后来周世宗就让他做了殿前都点检，把京城里的军队都交给他管。

公元 960 年正月初一，后周皇宫里喜气洋洋，周恭帝和大臣们正在举行朝见大礼。突然，有人前来向周恭帝报告说，北方的北汉和辽国联合在一起，带了十多万兵马来攻打后周边境，情况十分危急。

周恭帝一听，脸都吓白了，哪里拿得出主意来，只好呆呆地看着宰相范质。

范质马上上前一步，说："陛下，我看这次只有派赵匡胤带兵去边境，才能打退敌人的进攻。"其他大臣一听，都纷纷称赞范质的主意好。

小皇帝当即下诏让赵匡胤领兵北上。

小皇帝和范质都不知道，其实这一切都是赵匡胤安排的，边境上连北汉和辽国联兵的影子都没有。原来，赵匡胤见有很多人支持他，就有了野心，想把小皇帝拉下来，自己当皇帝。经过一段时间的准备，他就和军师赵普、弟弟赵

光义一起想出了这个计策。

见自己的计划成功了一步，赵匡胤心里别提多高兴了。过了两天，他就带着兵马出了京城，往东北走去。

军队走了二十多里路，来到了陈桥驿。这时候，天已经黑下来了，赵匡胤就下令部队在这里扎营休息。

士兵们生火做饭时，赵匡胤就指使自己的心腹到营帐里去传言，说点检是真龙天子，应该当皇帝。士兵们听了，都议论纷纷，有的将领和赵匡胤拜过把兄弟，听了都摩拳擦掌，恨不得马上把赵匡胤拥到皇位上去。

没过多久，一些将领闯进赵光义的营帐，对他说："我们决定好了，一定要拥立赵点检做皇帝。"

赵光义心里很高兴，但却假装说："现在国家有难，我们应该打败辽兵再说。"

将士们都说："我们应该先回去让点检做皇帝，不然大家心里不服。"有的将领还拔出刀剑，做出要大干一场的样子。

赵普看到火候差不多了，就对大家说："你们大家都别急，只要我们大家一心一意，点检就一定能当上皇帝。"

赵匡胤在自己营帐内一直观察着外面的动静,见大家都支持自己,他真是心花怒放。那天,他一晚上没睡着觉。

第二天天还没亮,赵普和赵光义就带着将士们向赵匡胤的营帐走来,大家一边走一边喊:"拥立赵点检……拥立新皇帝……"赵匡胤高兴得不得了,但为了不让大家看穿这是他安排的,他蒙着头假装自己睡着了。

将士们走进营帐,把赵匡胤唤醒,拿着龙袍就往赵匡胤身上套。几位将领还带领士兵下跪,连连磕头,高呼"万岁"。

赵匡胤假装很不情愿的样子,对大家说:"我本来不想当皇帝的,可你们非要让我当。你们既然立我为皇帝,就一定要听从我的命令。"于是,赵匡胤带着大军浩浩荡荡地回到了京城。这就是历史上有名的"陈桥兵变"。

京城守城的大将石守信、王审琦和赵匡胤原来就商量好了,军队一到,他们就打开了城门。

宰相范质一看斗不过赵匡胤,连忙跪下向他投降。其他大臣也纷纷下拜,高呼"陛下"。

当天下午,赵匡胤就逼小皇帝献出了皇帝玉玺,自己做了皇帝。他改国号为宋,赵匡胤就是宋太祖。宋朝就从这里开始了。

驿 站

今天的陈桥是个小镇,在宋朝时却是个驿站,所以叫做陈桥驿。我国是世界上最早设立驿站的国家,距今已经有三千多年的历史了。驿站是古代按照朝廷规定的标准,专门用来给官府传递文书、军事情报的人或来往官员途中提供食宿、换马的处所。和陈桥一样,现在有很多城镇都是从古代的驿站发展来的,辽宁省的省会沈阳以前就是一个驿站。

杯酒释兵权

宋太祖赵匡胤当上皇帝后,按照五代时的惯例,把拥戴他的大将都派往各地任为节度使或是留在朝中掌管禁军。可是,没过多久,就出现了两个节度使起兵造反的事,赵匡胤派兵镇压,费了很大的劲儿才平息了战乱。

为了这件事,宋太祖心里总不大踏实,他很是担心哪一天别人也发动一个什么兵变把他的皇位给夺了。

因为这事,宋太祖单独找到掌管军事的赵普,问他说:"自从唐朝末年以来,中原大地五六十年的时间就经历了五个朝代,换了十多个皇帝。这到底是什么缘故呢?我要使国家长久,你看有什么办法吗?"

赵普回答说:"这不是别的原因,毛病就在于将领们的权力太大,皇帝的权力也就被削弱了。要改变这种情况也很好办,只要把将领们的兵权收回来,把兵权集中到陛下您手里,那天下自然就会太平无事了。"

宋太祖听完赵普的分析,连连点头,认为他说得很有道理。

又过了一阵子,赵普又找到宋太祖,告诉他说:"石守信、王审琦两人掌握禁军,权力太大,陛下您应该把他们调到外地去任职才好。"

赵普认为宋太祖就是靠着自己是禁军将领才推翻了后周的,所以他希望宋太祖要特别防范掌握禁军的人。

可宋太祖却不相信赵普的话,他说:"他们两人都是我的好朋友,你放心,不会有事的。"

赵普还是不放心,又劝宋太祖说:"我也不怀疑他们对宋朝的忠诚。可是,要是禁军中有人贪图富贵,拥戴他们发动兵变。当龙袍披在他们身上的时候,他们就是不想造反也不成啊！"

宋太祖想起自己在陈桥发动兵变的经过，敲了敲额头说："多亏你提醒，我这就去办。"

可是，要直接解除将领们的兵权，肯定会引起将领们的不满，说不定有的将领还会像前面两个节度使一样造反。怎么办呢？

宋太祖想了一想，眉头一喜，有了。

公元961年7月的一天晚上，宋太祖在宫内大摆筵席，请石守信、王审琦等将领饮酒。在饭桌上，宋太祖不住地对着石守信等将领叹气。石守信等人不明所以，忙问宋太祖是不是有什么心事。

宋太祖见时候差不多了，便对他们说："我要不是有你们的帮忙，我也不会有现在这个地位。可是你们又怎么知道，做皇帝也是太艰难，还不如当个节度使快乐。这一年来，我没有哪一天睡过好觉啊！"

石守信等人听了十分惊奇，他们想：现在天下安定，谁还会威胁到宋朝的

安全呢?

看见大家诚惶诚恐的样子,宋太祖就对他们说道:"你们虽然忠心耿耿,可谁又能保证你们的部下哪一天不会把黄袍披在你们身上呢?那时你们怎么办?我当初就是这样起来的啊!"

石守信等人终于明白了宋太祖的意思,赶忙跪倒在地,哭泣着请求宋太祖给他们指引一条明路。

怎么安排石守信等人,宋太祖早就想好了,他说:"人生在世不过百年,一眨眼就过去了,你们不如把兵权交出来,回到家乡买点田产房屋,给儿孙们置些家业,肯定能过上快乐的日子。而且这样,我还会和你们毫无猜疑,上下相安,难道不是两全其美吗?"

石守信等人听完后急忙叩头谢恩,说道:"这样的安排很好!陛下为我们想得太周到啦!"于是君臣继续饮酒,畅谈往事。

第二天上朝时,昨晚喝过酒的将领们纷纷声称自己身体多病,请求辞职。宋太祖心里非常高兴,一一照准,并且赏给了他们很多金银,打发他们去了外地。这件事,就是历史上著名的"杯酒释兵权"的故事。

"杯酒释兵权"以后,宋朝的军队就改由皇帝直接管理,将领们的权力也被压缩到最低。地方的政事不再由节度使管理,而由文官主持。多亏有了宋太祖和赵普,宋朝的政治秩序才稳定下来。

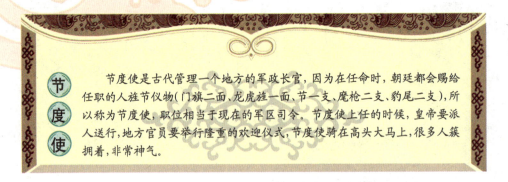

节度使 节度使是古代管理一个地方的军政长官,因为在任命时,朝廷都会赐给任职的人雄节仪物(门旗二面、龙虎旌一面、节一支、麾枪二支、豹尾二支),所以称为节度使,职位相当于现在的军区司令。节度使上任的时候,皇帝要派人送行,地方官员要举行隆重的欢迎仪式,节度使骑在高头大马上,很多人簇拥着,非常神气。

宋太祖灭南唐

宋太祖"杯酒释兵权"以后，把国家军政大权牢牢握在了自己手里，不再担心有人造反的问题。于是，雄心勃勃的他又把眼光瞄向了全国的统一大业上。当时，五代十国留下来的北方有北汉，南方有南唐、吴越、南平、后蜀等小国。要统一全国，是先打北方，还是先打南方呢？宋太祖想了好几天，心中有了个主意，但不知道是对还是错。

在一个大雪纷飞的夜晚，宋太祖突然想到向赵普请教这个问题。宋太祖是个想到什么立刻就会做的人，他叫上胞弟赵光义，两个人披着斗篷就去了赵普家。

当时，赵普正在家中和妻子一起烤火取暖，忽然听到急促的敲门声。赵普心里奇怪：这么冷的天，会有谁来找自己呢？

等赵普打开门，才发现站在院子里身上落满了雪花的人是当朝皇帝。让皇帝立雪家门令赵普感到很不安，他急忙把宋太祖请进屋里。由于天气寒冷，赵普特意吩咐妻子拿来座垫加垫在原来的座垫上，然后挑旺了盆中的炭火，在炭火上炖上肉，再命妻子拿出好酒来招待宋太祖。

宋太祖和赵普一起围坐在炭火边，一边驱寒一边聊天。

赵普问宋太祖："现在天色这么晚,雪又下得这么大,陛下为什么到我的家里来呢?"

宋太祖笑了笑说:"我想起一件事,但想来想去总觉得难以做出决断。你看我现在除了睡觉的地方以外,到处都是别人的地盘,这让我老是提心吊胆。所以想同你商量商量,就跑到你这儿来了。"

宋太祖的意思就是说那些南方北方的小国家不除,就始终是他心里的一个疙瘩。他希望赵普能给他解决这个问题。

赵普是个聪明人,一下子就表明了自己的见解。他说:"北方的北汉有辽国给他们撑腰,如果我们攻打北汉,就会受到辽国的威胁。目前看来,我们可以先削平南方,再反过来攻打北汉。到了那时,我们的实力有所增加,没有后顾之忧,北汉又只是弹丸那么大一块地方,收拾起来就容易多了。"

听完赵普的话,宋太祖才拿定了主意。他高兴地说:"真是英雄所见略同,你和我想到一块儿去了。"

打定主意后,宋太祖立即发起了"先南后北"的统一战争。在赵普的精心策划下,宋军首先灭掉了南平、后蜀、南汉等弱一点的国家,使整个南方就剩下了南唐和吴越两个国家。

南唐土地肥沃,又很长时间没有经受过战争的考验,本来是个经济发达、国力富裕的国家,但他们的皇帝李煜在政治上却非常昏庸,只知道写诗作文,不理国事,这样一来,南唐国力逐渐就被削弱了。

看到宋军的地盘越来越广,李煜才感到了害怕,他立即给宋太祖写了一封信,信中说,他愿意取消南唐国号,向北宋称臣,自己只做"江南国主"。

宋太祖看完信后,对南唐派来的信使说:"你们做了这样的让步,真是让我感动。放心吧,我不会出兵南唐的。"

信使听了宋太祖的话,高高兴兴地回去了。李煜听说后也非常高兴,从此更加不注意防备北宋,依旧天天沉迷于风花雪月之中。他哪里知道,宋太祖其实是骗他的。

南唐有个名叫樊若水的读书人,一心想投靠强大的北宋让自己出头。他知道北宋要攻打南唐,就必须要渡过长江。因此就暗暗地测量了长江在采石矶的宽度,并悄悄地向宋太祖报告。

宋太祖听说后大喜,就命人准备竹排、龙船,想在长江搭建浮桥行军。公元975年9月,宋太祖想试试李煜,就让他到北宋的首都汴京朝见,李煜害怕不敢去,就谎称自己有病。宋太祖见李煜不来,就命令大将曹彬、潘美率十万兵马攻打南唐。

曹彬的水军顺着长江东下,很快就来到了采石矶。这时候,潘美的步兵也赶到了。潘美拿出准备好的竹排搭建浮桥,只用了很短的时间就造好了。宋朝军队顺利通过长江,直逼南唐首都金陵。而这时候,李煜和他的大臣还被蒙在鼓里呢。

有一天,李煜来到金陵城头巡视,才发现城外到处飘扬着宋军的旗帜。李煜大吃一惊,这才明白宋太祖一直在骗他,可他这时候后悔也已经晚了。

曹彬围住金陵,并不急着攻打,他知道南唐撑不了多久。

李煜则派大臣徐铉去汴京向宋太祖讲和。

徐铉对宋太祖说:"我们国主对待陛下,就像儿子孝顺父亲一样,陛下为什么还要攻打我们呢?"

宋太祖听了这话,反问说:"照你这么说,父亲和儿子又哪有分成两家的道理?"意思就是说,北宋和南唐必须要合并。一席话说得徐铉面红耳赤,只好在大殿上苦苦哀求。

宋太祖越听越不耐烦,手按利剑说:"你不必多说,南唐确实没有过错,但天下一家,国无二主,我是绝不允许有另一个国家存在的。"

徐铉看恳求也没有用,只好灰溜溜地回到了金陵向李煜汇报。李煜听了,知道求和也已经没有希望了,连忙调动在外地的十五万大军来救。南唐的援军走到皖口,与宋军相遇。南唐军放火烧宋军,可谁知这时候风向改变,大火反倒烧掉了南唐援军的不少战船。宋军乘势猛攻,南唐军大败。

李煜仍然不投降,曹彬终于下令攻打金陵。只用了一天,就将金陵攻破,李煜叫人在宫中堆起柴草,准备放火自焚,但是又没有这个勇气,经过群臣一再劝说,最后还是带着大臣出宫门,投降了宋军,南唐随之灭亡。

战争结束后,李煜被押到东京。宋太祖封他为违命侯。宋太宗即位之后,对李煜非常厌烦,就派人赐予毒酒,将他害死了。

浮桥　浮桥是用竹排、舟船等搭建的临时性桥梁,因为浮桥架设简便,成桥很快,因此在江河作战中常常被用到。在周朝周文王的时候,我国架设了世界上第一座浮桥。后来,浮桥越来越多,但中国古代第一次通过浮桥作战,还是故事中的宋军在长江下游架通的这个浮桥,这是中国古代战争史上的一个创举。

赵普收礼

赵普在宋太祖建立北宋和平定南方的过程中立了大功，宋太祖因此一直非常信任他，朝中的大小事情都找他商量。

看到赵普成了宋太祖跟前的"红人"，别的大臣心里就不乐意了，他们认为赵普出身不好，又没读过什么书，没知识的人怎么可以当大官呢？加上赵普不爱说话，也给人留下了学识短浅的印象。

就这样，大臣们中就有了这样那样的闲话，很快，这些闲话又传到了宋太祖耳中。

其实，宋太祖也希望赵普多学点知识，这样不仅可以更好地治理国家，也可以堵住其他大臣的嘴。

于是，宋太祖找到赵普，告诉他说："现在战乱已经平息，天下太平了，你也不用像以前在军中那样操劳，你应该多读些书，将来才能适应新的形势。"

赵普也感觉到自己是该好好读一下书了。于是他每天下朝以后，就关上房门在屋里读《论语》。

赵普读了一段时间的《论语》以后，感觉学问增长不少，处理政事时也越来越得心应手，那些说闲话的大臣也不敢再多话了。因此，人们都说赵普是靠半部《论语》来治天下的。

赵普做事很公正，只要他认为对的，就是宋太祖他也敢顶撞。有一次，赵普向宋太祖推荐一个人做官，宋太祖不喜欢这个人，没有同意。

赵普认为自己推荐的人是正确的。到了第二天，赵普又向宋太祖提议任用这个人，可宋太祖还是不同意。

到了第三天，赵普又向宋太祖提起这件事。这下可触怒了宋太祖，他把赵普递上来的奏章一下就撕成了两半，扔到地上。心想，这下赵普该不会再在这件事情上纠缠下去了吧。

可谁知道赵普却不慌不忙地躬下身子，把撕烂的奏章捡起来带回了家。回家以后，赵普又用米糊把奏章粘在了一起。过了一夜后，赵普又把这张奏章呈给宋太祖。宋太祖拿赵普没有办法，只好批准了他的请求。

后来，赵普推荐的这个人果然表现得很有能力，宋太祖慢慢地也不再怪赵普，反而更加信任他。赵普的官也越做越大。

赵普当大官当久了，有的人就想走他的门路，时常送些礼物给他。有一次，吴越王钱俶（chù）派了个使者送信给赵普，还带来了十只坛子，说是"海货"。

赵普将这十坛"海货"放在房廊下面，还没来得及查看信中的内容和坛子里的东西时，正好宋太祖又来到了赵普家。

宋太祖进屋看见这十只坛子，心里奇怪，就问赵普："这里面装的是什么？"

赵普回答说："这是吴越王送来的海货。"

宋太祖笑着说三道四："既然是吴越王送来的海货，一定不错，

打开看看,让我也饱饱眼福。"

赵普只好让人打开坛子。可等打开时,所有的人都惊呆了,这哪里是什么海货,分明是一块块瓜子大小的黄金。

宋太祖当皇帝时非常节俭,他最痛恨的就是官员私下里接受别人的钱财了。看到这些黄金,宋太祖的脸顿时就沉了下来。

赵普吓得连连叩头,说道:"这是吴越王派人送来的,我也没打开看过,我真的不知道里面是黄金啊。"

宋太祖冷冷地说:"难得吴越王送你这么厚的礼,你就收下吧!看来天下人都以为朝廷大事是由你来决断的,所以才会这样讨好你。"

尽管宋太祖没有治赵普的罪,但在他心里,却开始不再信任赵普了。

当时,秦(今陕西)、陇(今甘肃)一带盛产大树,这些大树都是建房子的好材料。为了防止官员大兴土木,宋太祖就下令不准官员从秦、陇一带私运木材。可是,赵普却没把这条规定当回事,他在修建自己的房子时就偷偷用了很多秦、陇一带的木材。赵普的属下又借这个机会做生意,私运一大批木材进京来卖给别人,为自己谋取暴利。

这个事件被揭发以后,宋太祖非常震怒,认为赵普越来越不像话了,就要治赵普的罪。虽然有很多大臣为赵普说情,可宋太祖就是不动心,把赵普贬到河阳去了。

吴越是五代十国中的一个小国家,由钱镠(liú)建立,位置在现在的浙江、江苏、福建一带,北宋建国后,吴越王不愿意自己的国家打仗,百姓受苦,就献出土地向北宋称臣。但是吴越王又害怕宋太祖会做出对自己不利的事来,因此这才有了故事中吴越王向赵普送礼的故事。吴越这个国家靠近海边,所以吴越王就送了"海货"。

辽国的崛起

宋太祖当上皇帝后，把南方那些小国都不放在眼里，却唯独对北方的辽国非常头疼。那么这个辽国是谁建立的呢，又是怎么壮大的呢？

说到辽国，就要先说一说契丹。契丹是我国北方很古老的少数民族，在公元4世纪的北魏时期，他们一直在辽河上游过着放牧打鱼的氏族部落生活。后来，契丹的人口逐渐多了起来，又分成了八个部落。到了唐朝时，这些部落结成了部落联盟，由各部落的首领推选一个人出来，作为八个部落的最高首领，领导大家生产、作战以及处理和其他民族的关系。

唐朝末期，中原大地一片混乱，很多在北方的汉族人为了躲避战乱，就逃到契丹人的地方生活了下来。这些汉族人来了以后，跟着也把自己的先进生产技术带了过来。契丹人认为汉族人的这些技术很好，就学以致用，自己也慢慢地壮大了起来。

在这八个部落中，迭剌(dié là)部离中原最近，因此在那儿聚集的汉族人最多，他们学到的生产技术也最多。这样一来，迭剌部就成了契丹八部中发展最好的一个。

迭剌部的夷离堇(yí lí jǐn)一直由耶律氏家族的人世袭担任。公元872年，一个叫耶律阿保机的孩子就出生在这个贵族。耶律阿保机从小就表现得非常聪明，才智过人。他长大成人后，身体非常魁梧强壮，而且武功高强，胸怀大志。

公元901年，阿保机被选为迭剌部的夷离堇，专门负责迭剌部打仗的事。有了这个权力以后，勇武的阿保机就不断挑起与别的民族的战争，在这些战争中，他先后打败了室韦、突厥、女真等民族，还俘获了很多汉人，抢夺了很多财

富。有了这些财富做保障,阿保机的势力很快就超过了部落联盟的首领。

公元907年,又经过新的选举,阿保机当选为联盟首领。担任首领后的阿保机,想到契丹还是个落后的民族,很多东西都比不上汉人,尤其是政治制度。为了让契丹迅速壮大起来,也为了自己有一天能当上汉人那样的皇帝,阿保机就进行了一系列的改革,把政治制度改成了汉人的那一套。

阿保机还在契丹的部落中挑出勇敢精壮的士兵,建立起一支由他自己控制的侍卫亲军。这支军队战斗力很强,对阿保机也是忠心耿耿。

本来按照契丹人原来的制度,部落联盟的首领是每隔三年选举一次,可是,阿保机由于想当皇帝,一直做了五年。看见阿保机不肯让位,契丹的很多贵族心里就很不满,他们聚集起来反对阿保机,想逼他把部落联盟首领的位置

交出来。可是,阿保机有自己的侍卫亲军,靠着这支军队,阿保机很轻松地就打败了这些贵族。

第二年,这些贵族又勾结起来反叛。这一次,阿保机的处境非常危险,因为他正带着军队在外面打仗。听到贵族叛乱的消息,阿保机没有硬拼,他避开他们的阻挡,赶在他们面前举行了烧柴告天的仪式"燔(fán)柴礼"。这是契丹人证明自己是部落首领的仪式,举行燔柴礼后,阿保机就成了正式的首领,那些反叛的贵族都没有资格。贵族们没有了反叛的理由,只好向阿保机道歉,表示听从他的领导。

但是,反叛还是没有结束。不到半年之后,贵族们又发动了更大规模的叛乱,他们假装派人去朝见阿保机,想伺机劫持阿保机去参加他们已经准备好的首领选举大会。阿保机察觉了他们的阴谋,率领他的侍卫亲军平息了这场叛乱,并把三百多个参与叛乱的人都处以了死刑。

经过三次平叛,阿保机终于消灭了契丹内部的反对势力,没有人再反对他做皇帝了。就这样,神册元年(916),阿保机正式称帝,建立起了像汉人一样的世袭王朝——契丹。

称帝以后,阿保机继续领兵南征北战,很快,契丹就成了我国北方一个强大的地方政权。到了公元947年,阿保机的儿子耶律德光即位,改国号为"辽",这就是辽国。

契丹族

传说契丹的始祖奇首可汗,有一次骑着马沿着土河(今内蒙古赤峰市老哈河)行走,遇上一个女子骑着青牛从潢(huáng)水而来。奇首可汗和这位女子便相爱了,他们结成夫妇,生育了八个儿子。以后这八个儿子又繁衍成了故事中的契丹八部,除迭刺部外,还有乙室部、品部、楮(chǔ)特部、乌隗(wěi)部、突吕不部、涅剌部、突举部。

"睡王"辽穆宗

公元951年9月,辽太宗耶律德光的儿子耶律璟即位为辽国皇帝,就是辽穆宗。耶律璟即位以后,辽国的老百姓就给他取了一个绰号"睡王",因为他很爱睡觉,每天通宵达旦地喝酒玩乐,玩够了就蒙头大睡,有时候甚至睡到中午才起床。不仅如此,他还特别凶残暴虐,动不动就杀文武大臣。作为辽国皇帝,他从不把国家大事放在心上,国家也被他搞得一团糟。

有一天,一个名叫肖古的女巫向辽穆宗献上一个仙方,说是吃了这个仙方可以延年益寿,长生不老。辽穆宗信以为真,就向肖古讨要仙方。可肖古却称这个仙方需要用男人的胆汁做药引。

辽穆宗不顾大臣们的强烈反对,下令召集精壮男子取胆汁做药引。刚开始时,大臣们只是把监狱中的男囚拖出来杀了取胆。到了后来,犯人们杀得差不多了,大臣们就在全国抓捕精壮男子。

这种仙方辽穆宗吃了一年多,却丝毫没有效果,身体反而越来越糟。他这才意识到上了女巫的当,于是亲手用箭把肖古射死了。

辽穆宗在位的时候,南面的政权还是后周。这是五代中最有势力的一个王朝,后周的改革使各方面的势力大大加强。周世宗在位的时候,向北夺取了辽国的益津、瓦桥、淤(yū)口三关和瀛(yíng)州、莫州等地,辽国的形势非常危急。

有一天,玩乐了一晚上的辽穆宗刚睡着,内侍就急匆匆地跑进来,把他叫醒,对他说:"北宰相萧海黎有紧急军情向您禀报。"

辽穆宗见内侍打扰他睡觉,心中十分生气,坐起来就打了内侍一巴掌,然

后倒在床上继续睡觉。

萧海黎在外面等了很久都没等到辽穆宗出来，心中非常着急。到后来，他实在忍不住了，就径直走到辽穆宗床前，轻声将辽穆宗唤醒，给他报告了边关的紧急军情，请他立即上朝，召集大臣们想办法。

哪知辽穆宗却对萧海黎说："你们这些人真糊涂，三关两州本来就是汉人的地盘。他们要取，就让他们取去好了。我是不会管这样的闲事的。"说完，他把内侍和萧海黎都赶了出去，又继续蒙头大睡。

辽穆宗十分喜欢打猎，不管是寒冬还是酷暑，只要他高兴，他就会带着人出去打猎，在打猎的时候他也不忘了喝酒，每次打猎都要进行七天七夜才肯结束。

喝了酒,辽穆宗的脾气也不见好,反而更坏了,动不动就找茬杀人,视人命如草芥。晚年时就更残暴了,左右侍从稍有过错,就被他亲手杀死,弄得侍从们整天提心吊胆。大臣们对他也是敢怒不敢言。

公元966年2月,下了一场大雪,辽穆宗又来到黑山打猎。到了黑山,只见到处都是白雪,哪里有猎物的影子?辽穆宗很是扫兴,便让养鹿人没答、海里等去前方找鹿。没答、海里等人找了半天也没找到鹿,辽穆宗非常生气,就让他们在雪地上奔跑,他骑着马在后面追赶,只要赶上了,就要把他们射死。结果,没答、海里等人都被辽穆宗杀死。

辽穆宗的暴行激起了其他侍卫的不满。一天晚上,辽穆宗和随从们饮酒时又喝醉了。他在半夜醒来后,就问左右的人要食物吃。由于夜已经很深了,所以没人答应他。辽穆宗大怒,就要杀做饭的人。

辽穆宗一发火,大家都醒了。侍卫们害怕被杀,便决定连夜起来反抗。有六个侍卫假装给辽穆宗送饭,带着刀子闯进辽穆宗的营帐,杀死了辽穆宗。一代"睡王"就这样稀里糊涂地送了命。

辽穆宗死后,帝位传给了耶律贤,这就是辽景宗。辽景宗是个贤明的皇帝,他努力发展生产,改革国政,使辽国达到了全盛时期,这时候南边的中原政权已经是宋朝了,辽国的强大让宋朝也感到了威胁。

北 南 面 官

辽国国内除了契丹人,就数汉人最多了。为了便于统治,辽国就实行了两套行政体制,这就是北南面官制。北面官主要是统治契丹人和其他少数民族的,担任者是契丹皇族。南面官主要是管理汉人的,是模仿中原的政权建立的。一般南面官的权力比北面官小,受北面官约束。故事中的北宰相萧海黎就是北面官。

太宗灭北汉

宋太祖做了十七年皇帝,他死后将皇位传给了胞弟赵光义,这就是宋太宗。

宋太宗即位之前,宋太祖已经将南方的小国家都打败了,十国中就剩下一个在北方的北汉。为了全国的统一大业,宋太宗决心攻打北汉。

北汉是由五代时后汉的宗室刘崇建立的一个国家,都城在晋阳,就是现在山西的太原,位置大约在现在的山西省中部和北部一带。到宋太宗时,北汉的国主已经换成了刘继元。刘继元是个非常昏庸的皇帝,把国家搞得一塌糊涂,北汉的臣子们对他都非常失望。

刘继元看到北宋非常强大,也猜到北宋终究会来打他。他知道以北汉的实力怎么也不可能和北宋对抗,于是他就向辽国求援,但是不管他怎么做,都阻挡不了宋太宗统一全国的决心。

宋太宗一方面加紧训练军队,一方面积极制定攻打北汉的计划。

太平兴国四年(979)正月,宋太宗认为攻打北汉的时机已经成熟,便向大臣们征求意见。

宋太宗问掌管军事的曹彬:"以前,后周世宗和我朝宋太祖,都打过北汉,可惜都失败了,是不是北汉的城池太坚固呢?"

曹彬是北宋的大将,作战经验非常丰富,他分析说:"周世宗是因为军心动摇失败的,我朝宋太祖是因为军人生病没打下来的,这不关城池的事。"

宋太宗听了非常高兴,又进一步问:"那你认为我这次攻打北汉,能够成功吗?"

曹彬回答说:"现在我们武器精良,军队整齐,人心也都向着我们,这一次

肯定能够成功。"

听了曹彬的话，宋太宗更加坚定了消灭北汉的决心。连宰相薛居正等人劝宋太宗不要轻易用兵，他都没听进去。

很快，宋太宗就封潘美为北路招讨使，带着四路军队去攻打北汉。为了不让辽国援救北汉，宋太宗又让郭进担任太原石岭关都部署，在那儿阻截辽军，使辽军和北汉的军队不能汇合在一起。

这个时候，刘继元还在宫中和他的妃子一起玩乐，听说宋军已经到了离晋阳不远的地方，他才着急起来，马上派人去向辽国求救。

辽国可不希望北汉灭亡了，因为他们还想利用北汉对抗北宋呢。听到消息后，辽国就派大将耶律沙带兵救援北汉。

辽军走到白马岭时，远远望见前面有大批宋军。耶律沙不敢轻敌，就命令大军停止前进，想等到后面的

部队一起上来后再和宋军开战。可是，辽国的监军耶律敌烈等人却希望马上开战，心想打赢了自己可以立功了。耶律沙的官没有他们大，只好同意了他们的要求。

耶律敌烈带着先头部队进入白马岭，这是个又狭窄又长的山口，郭进早就在这儿埋伏了大量人马。耶律敌烈进来后，北宋的士兵就从山上杀了下来，阵势惊人，辽军一下子就被打得溃不成军。在战斗中，耶律敌烈的战马受了伤，郭进冲上去，一刀就把耶律敌烈给杀死了。辽军见监军都死了，再没有心情打仗，到处逃命去了。

辽军被打败后，郭进带着自己的部队与潘美会合，把晋阳城围了个水泄不通，并日夜不停地攻打。

辽国的援军过不来，北汉就失去了靠山，刘继元急得像热锅上的蚂蚁一样团团转，他先后派了几个人带兵出城求救和偷袭宋军，但都被宋军打败。这样，刘继元再也想不出别的办法了，只好投降。

5月6日早晨，刘继元在晋阳城北向宋太宗举行投降仪式。这时候，刘继元不再穿着皇帝的龙袍，而是一般人的服装，他趴在台子下面向宋太宗认罪。宋太宗下令免了刘继元的罪，又赏给他很多东西，把他迁到汴京做官去了。

至此，十国全部灭亡，除了北方的辽国外，宋朝基本上已经统一了全国。

招讨使和都部署

招讨使和都部署都是宋朝军官的名称。招讨使一般只在开战时才设置，经常让大臣、将帅来兼任，表示招降讨叛的意思，故事中的北路招讨使就是指在北方招降讨叛的官员。都部署是地方上的军事指挥官，掌管地方上军队训练、赏罚、作战的事情，故事中的石岭关都部署就是指石岭关这个地方的军事长官。

杨无敌

　　宋太宗在灭亡北汉的过程中，收获了一个叫杨继业的北汉大将，宋太宗见他非常英勇，不但升了他的官，赏赐给他很多金银财宝，还让他改名为杨业。因为杨业是员老将，人们都称他为杨令公。

　　宋太宗灭了北汉，想乘势把辽国占领的燕云十六州一起收回来。于是，宋军一路杀气腾腾地向北方打来。宋军攻势非常凌厉，很多辽国的守将纷纷投降。就这样，宋军一路打到了幽州（今北京市南）。

　　宋太宗下令猛攻幽州，但打了十五天也没有打下来。这时候辽国的援军又来了，两军在高粱河打了一仗，宋军大败，宋太宗还受了重伤，最后乘了一辆驴车才逃回了京城。

　　辽军在高粱河打了胜仗以后，就不断派军队侵扰

宋朝边境。宋太宗十分担心,心想有个能干的大将守住雁门关就好了。这时,宋太宗想到了杨业,于是他派杨业为代州刺史,扼守雁门关。

公元980年3月,辽国派了十万人的军队向雁门关杀来。当时杨业的手下只有几千人,兵力相差很大。杨业知道不能和辽军硬拼,只能用智谋取胜。他就把大部分人马留在了城内,自己带领几百名骑兵,趁着天黑悄悄地绕到了辽军后面。

辽军一路都很顺利,根本就没想到后面会有人打来。杨业一出现,就像虎狼进入羊群一样,猛砍猛杀。辽军一点防备都没有,让杨业这一冲,个个心惊胆战,根本抵挡不了,最后终于被杀得大败。杨业带领宋军紧追不舍,又斩杀了很多辽国士兵和大将。

这一战以后,辽国人对杨业就产生了恐惧心理。辽兵一看到绣有"杨"字旗号的军队,就吓得不敢交锋。人们都管杨业叫"杨无敌"。

杨业立下大功以后,引起了其他一些将军的嫉妒,他们纷纷上奏章说杨业的坏话。可宋太宗非常相信杨业,不理会别人的诬告,还把那些奏章都拿给杨业看,杨业非常感动,下定决心要好好报效宋朝。

过了两年,辽国立了新皇帝。这个皇帝只有十二岁,不能独自理政。宋太宗认为收复燕云十六州的机会又来了,就派出三路军队重新攻打辽国。宋太宗还专门让杨业做了西路军潘美的副将。

西路军出了雁门关,很快就收复了四个州。可是,东路军却吃了败仗,不得不退回内地。中路军听说东路军失败了,也退了回来。

宋太宗见情况不妙,立即下令西路军也往后撤。潘美、杨业就领兵掩护四个州的百姓退到了狼牙村。这时候,辽国派出十万兵马,已经夺回了两个州。

杨业对潘美说:"现在形势非常危急,我们可以派兵假装进攻,再派精兵守住撤退的关口,掩护百姓撤退。"

杨业的建议非常正确，可监军王侁（shēn）却不同意，他说："我们有几万人马，怎么能够怕他们呢？我们应该沿着雁门大道，大摇大摆地行军，让辽国人也见识一下我们的威风。"

　　杨业说："现在敌人的军队比我们多得多，如果这样做，我们一定会失败。"

　　王侁嘲笑杨业说："你不是号称'杨无敌'吗？现在你不敢和辽军交战，是怕死还是有什么打算啊？"

　　杨业听后愤怒地说："我不是怕死，我是不忍心让士兵们白白送死呀。你们一定要打，我也没有办法，我愿意做先锋。"

　　主将潘美也支持王侁，不支持杨业。杨业没有办法，只好带兵出发。临走的时候，杨业流着泪对潘美说："我这次出兵，肯定会失败。我本来想好好报效宋朝，但现在却不得不战死沙场。"

　　杨业跃上战马后，指着前面的陈家峪说："希望你们在那里埋伏好一支兵马。我如果败了，一定会退到那里，你们带兵接应，我们或许还有胜利的机会。"

　　潘美点了点头。

　　杨业出兵没多远，果然遭到了辽军的攻击。杨业虽然英勇，但是辽兵实在太多，

杨业只好边打边退。到太阳下山的时候,杨业把辽军引向了陈家峪。

杨业本来想潘美会带着军队冲出来,可等他到了陈家峪时才发现,这儿静悄悄的,哪里有半个宋军的影子。潘美到哪儿去了?原来,潘美在陈家峪等了一天,也没等到杨业的任何消息。王佚怕杨业把功劳抢了,就催促潘美撤兵。潘美禁不住王佚的唠叨,就把军队撤走了。

杨业见陈家峪没人接应,气得直跺脚,但他也没有办法,只好回过头来再和辽兵搏斗。这时,辽兵像潮水一样涌了过来,杨业带领士兵奋勇拼杀。战斗非常惨烈,到最后,杨业身边就剩下了一百多人。

杨业流着眼泪,向士兵们喊道:"你们都有自己的家人,快突围吧,不要管我。"士兵们听了杨业的话,感动得热泪盈眶,都不愿意离开杨业。后来,杨业的士兵都战死了,杨业的战马也被利箭射倒,辽兵乘机围了上来,把他俘虏了。

杨业被俘以后,辽军让他投降。杨业愤怒地说:"我的士兵们都战死了,我也不愿意活在世上。我生是宋朝的人,死也要做宋朝的鬼,你们还是快点把我杀了吧。"说完,杨业就开始绝食,三天以后,杨业牺牲了。

杨业战死的消息传到东京,人们都为他感到难过。宋太宗丧失了一名勇将,也很哀痛,他立即下令严惩潘美、王佚。

杨业虽然战死了,但他的儿子、孙子又继承了他的遗志,在边关领兵,抗击辽人。后来,人们根据杨家的这些事迹,编成了杨家将的故事,在民间广为流传。

燕云十六州

燕云十六州是指五代时由后晋割让给辽国的位于今天北京、天津以及山西、河北北部的十六个州,它们是:幽州、顺州、儒州、檀州、蓟(jì)州、涿州、瀛州、莫州、新州、妫(guī)州、武州、蔚州、应州、寰(huán)州、朔州、云州。燕云十六州是在五代后晋时割让给辽国的,此后宋朝一直没能把它完全收回来。

契丹英后

扫码查看
☑ 中华故事
☑ 典故趣闻
☑ 能力测评
☑ 学习工具

辽国的皇帝辽圣宗即位时只有十二岁,很多军事和政治上的事都不懂,可辽国却打败了宋朝收复燕云十六州的战争。是谁指挥辽军取得了这场胜利的?

原来,指挥辽国军队的,是一个年轻美貌、气度不凡的女子。她就是年龄只有三十岁的辽国萧太后萧绰,她还有个名字,叫萧燕燕。

萧绰从小就很聪明,也很美丽。有一次,她的父亲萧思温让他的女儿们来扫地,萧绰扫得最干净。萧思温看了后高兴地说:"这孩子长大后一定能够理好家。"

后来,萧绰被辽景宗选为贵妃。保宁元年(969),辽景宗又让她做了皇后。

辽景宗的身体非常虚弱,国家的事情又很多,辽景宗一人忙不过来,于是就把很多事情交给萧绰来处理。萧绰将这些事处理得井井有条,辽景宗非常信任她,后来干脆让萧绰坐在朝堂上主政。辽景宗还对大臣们说:"你们记录历史时,写到皇后讲过的话,都要用'朕',不能用别的字。"

辽景宗死了以后,萧绰的儿子耶律隆绪即位,这就是辽圣宗。由于耶律隆绪年纪太小,国家的事情基本上都交给了萧绰来处理。

萧绰非常疼爱耶律隆绪。为了早一点把耶律隆绪培养成一个好皇帝,她严格要求耶律隆绪,不准他浪费和奢侈,也不能一天到晚只知道打猎玩耍,要把更多的时间用在学习上。萧绰还非常注意给耶律隆绪培养亲信,让他们忠心耿耿地为辽朝服务。这其中就有两个萧绰最亲近的大臣,一个叫耶律斜轸(zhěn),另一个叫韩德让。

有一天,耶律斜轸陪着辽圣宗、萧太后一起去赤山上打猎。在路上,辽圣

宗看见耶律斜轸骑的马和自己的一样高大,就想和耶律斜轸比赛一下,看看谁的马跑得最快。

耶律斜轸不敢和辽圣宗比赛,他说:"我怎么敢和皇上赛马呢?要是我万一赢了,那不是让皇帝您没面子吗?"

辽圣宗觉得耶律斜轸说得对,回答说:"现在虽然不好比赛,但要是在战场上,大家的马都跑来跑去,如果你的马跑得比我快,那样才不会让你感到为难。"

萧太后听到辽圣宗和耶律斜轸的话,心中想,这可正好是让他们君臣拉近感情的机会啊,辽圣宗年龄小,如果耶律斜轸能够忠心辅佐他的话,那样对辽圣宗不是很好吗?

于是,萧太后对辽圣宗和耶律斜轸说:"按照国家的规矩来说,你们自然不方便比赛,但如果是按照我们契丹的风俗,好朋友就应该交换马匹和弓箭。今

天你们可以不做君臣，做好朋友，我来给你们做见证人。"

辽圣宗和耶律斜轸听了都很高兴，是好朋友的话，他们就可以放心大胆地比赛了。而且，耶律斜轸从此也对萧太后非常恭敬。

萧太后小的时候曾经和韩德让有过婚约，后来因为萧绰被选为了贵妃两人才没有结合到一起。其实，萧太后一直没有忘记韩德让。

萧太后知道韩德让很有才干，他就对韩德让说："我以前曾经与你有过婚约，现在我做了皇太后，但我希望我们还能像以前那样好。现在我儿子当了皇帝，就相当于是你的儿子当了皇帝，希望你能好好照看他。"

听了萧太后的话，韩德让非常感动，暗暗发誓一定要保护好萧太后和辽圣宗。

耶律斜轸和韩德让都紧密地团结在了萧太后周围，他们对萧太后说："只要你信任我们，就没有什么可忧虑的。"

公元986年，宋太宗认为辽圣宗年龄太小，萧太后又是个女人，就派人率兵收复燕云十六州。萧太后接到消息后，马上命令韩德让处理内政，让耶律斜轸领军抵御中路和西路宋军，她自己带着辽圣宗在中间策应。

在韩德让和耶律斜轸的帮助下，辽军很快就打败了宋军，还俘虏了宋朝的大将杨业。

此后，萧太后又进行了一系列的改革，使得辽国越来越强大。她也凭着自己卓越的成绩，被人们称为"契丹英后"。

萧氏家族

萧氏是辽国一个非常显赫的姓氏，耶律阿保机称帝以后，认为自己的功劳就像汉高祖刘邦一样，而他妻子就好比是刘邦的开国功臣萧何，于是他就将皇后述律平一家人改姓为萧，后来的辽国皇帝几乎都在萧家选择一位女子来做自己的皇后。另外，萧家出的大臣也很多。整个辽国，萧家一共出了十三名皇后、十三位王、十七位宰相、二十位驸马。萧太后就出自这个辉煌一时的家族。

王小波起义

宋太宗想收复燕云十六州，却被辽国打了个溃不成军，还丧失了勇将杨业。宋太宗因此不敢再跟辽国作战，再说，在国内他还遇上了一件烦心的事。

原来，在宋朝川蜀地区的青城县（今四川都江堰西南），有个农民叫王小波。王小波平时和他妻子的弟弟李顺，本来都是靠贩卖茶叶谋生。可是到了宋太宗统治时期，不但把蜀地的财富都运到了东京，还在那里设置专门的衙门买卖茶叶、丝绸等，不准私人贩卖。一些大地主、大商人又趁机投机倒把、把茶叶、丝绸的价格压得很低。这样一来，王小波和其他农民的日子就更难过了。

公元993年初，王小波实在是生活不下去了，他就决心带领本县的农民起义，反抗官府。

两个月后，王小波和李顺聚集了一百多个农民，王小波对他们说："你们看这个世道，穷人变得越来越穷，富人变得越来越富，这实在是太不公平了。我们现在都生活不下去，那还不如起来造反，有了钱财和土地，我们都平均分给大家让大家都能快乐。"

农民们受到王小波话语的鼓舞，都纷纷叫好。他们平时都受够了官府的压迫，早就想反了，只是一时没有人带头而已。现在有了王小波，农民们就好像看到了希望，于是群情激愤，高声喊道："我们愿意推倒官府，立你为王！"

王小波起义的消息一传开，附近那些地区受到压迫的农民都纷纷加入。不到十天，起义军就发展到了几万人。王小波带着起义军，攻克了青城县，又向着彭山县（今四川彭山）进军。

彭山县的县令齐元振是个无恶不作的贪官，可他却骗了个"清白廉洁"的

美名。这是因为宋太宗曾经派钦差调查地方上的官吏。齐元振听说钦差要来，就把自己搜刮的钱财藏到了富商的家里。钦差来到彭山后，找不到齐元振贪污的钱财，反而认为他很清廉，于是上报给了宋太宗。

宋太宗听说齐元振是个"清官"，就下令嘉奖齐元振。齐元振为此还得意洋洋。可他不知道，他虽然骗过了宋太宗，却骗不过被他压迫得很惨的老百姓。

王小波攻打彭山县，在彭山县百姓的支持下，起义军很快就把彭山县打了下来。贪污成性的齐元振也被起义军处死。贫苦百姓把齐元振的肚皮剖开，把他平时贪污的钱财塞到他肚子中，很快就填满了。王小波宣扬"均贫富"的主张，把齐元振贪污来的钱财，又平均分给了老百姓。

王小波接着又带着起义军北上,在江原县(今四川崇州东南)和西川都巡检使张玘的部队展开了一场大战。

王小波的起义军打得非常英勇,张玘眼看招架不住,就放起了冷箭。王小波没注意到,被张玘的人一箭射中了额头,血流不止。可王小波仍旧带伤战斗,最后他用刀砍死了张玘,打败了宋军。

起义军取得了江原之战的胜利,但王小波也受了很重的伤,没过多久,王小波就死了。

王小波死后,起义军又推举了李顺做领袖,让他带领大家继续战斗。李顺带着起义军攻克了成都城,建立起了自己的政权——大蜀。

听说起义军闹得这么厉害,宋太宗赶紧从外面调集军队,进入四川镇压起义军。很快,外面的官军源源不断地向四川涌来。

李顺本来想攻打剑门,依靠天险拒敌,没想到起义军受到王继恩的官军的阻击,打了败仗。王继恩通过剑门后,集合各地的宋军,进攻成都。当时,起义军驻守在成都的有十几万,但是在敌人重兵的包围之下,起义军还是没有保住成都。在这场战斗中,起义军牺牲了三万人,李顺也阵亡了。

成都被占领后,分散在外地的起义军又推举张余作首领,在蜀地继续作战,一直到公元996年5月,这场轰轰烈烈的农民大起义才被宋军镇压下去。

"均贫富"

"均贫富"是说所有人的财富都应该是均等的,没有富人和穷人的分别。王小波提出的"均贫富"主张,在中国农民战争史上是第一次,把中国农民反压迫的斗争推向了一个新的阶段,在这以后很多农民起义都开始以"均贫富"作革命口号。这对地主阶级占着大部分田地的制度是个强有力的冲击,很有号召力。

贤相吕蒙正

在宋太宗的众多大臣中,有一个才能非常出众、胸怀坦荡的政治家,他就是宰相吕蒙正。

吕蒙正是洛阳人,他小的时候就很聪明,也很好学。可是后来吕蒙正却和母亲一起被父亲赶出了家门,母子俩没有生活来源,只好四处流浪,以乞讨为生,但母子俩一直相依为命。

虽然家里很穷,吕蒙正的母亲却想方设法地教他认字,还找书给他读,吕蒙正读起书来非常用功。后来,吕蒙正学有所成,考取了科举考试的状元。宋太宗非常欣赏吕蒙正的学识,封他为参知政事,就是副宰相。

刚刚入朝为官时,朝中的一些大臣不知道吕蒙正,见他做了那么大的官,他们心里就不服气。

有一天,吕蒙正在上朝时,听见一位官员隔着帘子说:"这小子有什么本事呀? 他也配当副宰相? "

吕蒙正虽然听到了这位官员说的话,可他却假装什么也没有听见,若无其事地走了。

后来,一位吕蒙正的同僚知道了这件事,就问吕蒙正:"那个说你坏话的人是谁啊? 咱们可以把他找出来让皇帝治他的罪。"

听了同僚的话,吕蒙正连忙制止同僚。他说:"我不想知道那个人是谁。因为知道了的话,我可能很久都不能忘记他。这样的话我会很痛苦的。如果不知道他的情况,这对大家来说都是一件好事。因此还是不知道的好。"吕蒙正的这番话传开以后,很多大臣都很佩服吕蒙正的度量与坦诚,那些看不起他

的人也对他另眼相看了。

有位收藏古镜的大臣，对吕蒙正说："我收藏了一面古镜，是个稀世之宝，能够照见二百里远的地方。我想把它送给你。"

这位大臣见吕蒙正官做得大，就想给他送东西，让吕蒙正提拔自己。可他没想到吕蒙正却说："我的脸只有碟子那么大，又怎么用得着能照两百里远的镜子呢？"听了吕蒙正的话，那位大臣只好灰尘溜溜地走了。

吕蒙正有个同窗好友，叫温仲舒。后来温仲舒当了官后，为了显示自己的才能，就常常在宋太宗面前说吕蒙正的坏话，当时的人们都非常看不起他。可吕蒙正却一点也不介意，反而对宋太宗说："我的同学温仲舒很有才能，陛下可以重用。"

宋太宗听了后说："你这样夸奖温仲舒，可你知不知道他却常常把你说得一文不值啊。"

　　吕蒙正笑着说："陛下封我为宰相，我就应该尽职尽责，为朝廷选拔人才。如果我不知道别人的才能，我又怎么能让他发挥才智呢？至于别人怎么说我，我是不放在心上的。"

　　吕蒙正也从来不讨好皇帝，他很反对阿谀奉承的风气。有一天，正好是元宵佳节，宋太宗就请群臣一起饮酒、赏灯。在酒席上，君臣都很高兴，无话不谈。

　　宋太宗说："五代的时候，到处都在打仗，百姓没有好日子过。我自从当皇帝以来，一直专心做事，终于让天下太平了。"

　　大臣们听了，都称赞宋太宗英明能干，只有吕蒙正脸上表现得不高兴。宋太宗很奇怪，就问他："今天是元宵佳节，你为什么还不高兴呢？"

　　吕蒙正说："陛下在这里和大臣们一起喝酒，看到的都是城中的繁华景象，可城外的情况您却不知道啊。不久前我去城外看了看，发现有许多百姓都因为饥寒死了，如果您能了解到百姓的疾苦，才是百姓的福气啊！"

　　宋太宗虽是个明君，可听了这番话也不禁沉下脸来。大家看到宋太宗的脸色变了，都替吕蒙正捏了一把汗。过了好久，宋太宗才想明白了，露出笑脸说："有你在我身边，就好像唐太宗有魏徵一样。如果大家都像你一样，国家一定能繁荣富强。"大家这才松了口气。

　　从此，人们都说吕蒙正是个谦谦君子。宋太宗在吕蒙正的辅佐下，将国家治理得井井有条，宋朝变得越来越强盛。

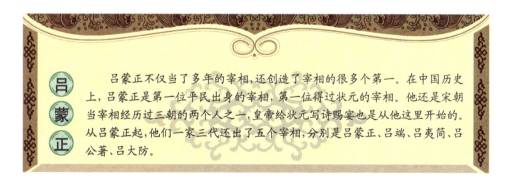

吕
蒙
正

　　吕蒙正不仅当了多年的宰相，还创造了宰相的很多个第一。在中国历史上，吕蒙正是第一位平民出身的宰相，第一位得过状元的宰相。他还是宋朝当宰相经历过三朝的两个人之一，皇帝给状元写诗赐宴也是从他这里开始的。从吕蒙正起，他们一家三代还出了五个宰相，分别是吕蒙正、吕端、吕夷简、吕公著、吕大防。

吕端不糊涂

吕端是宋朝初年的大臣，他很有才干，为官清廉，为人宽厚大度。宋太宗很欣赏吕端，想任用他为宰相。可大臣们却有人反驳说："吕端为人很糊涂。"宋太宗听了后笑着说："吕端虽然糊涂，但那只是在一些无关紧要的小事情上，遇到大事，吕端是不会糊涂的。"在宋太宗的坚持下，吕端最后还是做了宋朝的宰相。

人们说吕端糊涂，是有事实根据的。因为有一次，吕端的妻子对他说："家里的粮食快要吃完了，你快想想办法吧。"吕端听了后却说："家里还有点粮食，先吃完了再说吧。"他的妻子听说后，非常着急，骂他太糊涂。大臣们听说这件事后，也都说吕端很糊涂。

可是为什么宋太宗却说吕端大事不糊涂呢？从下面的故事中我们就可以看出来。

吕端当了宰相以后，就遇上宋朝西北的党项族首领李继迁经常带领军队侵犯宋朝边境的事。有一次，宋朝边境的将领抓到了李继迁的母亲。宋太宗非常痛恨李继迁，就想把他的母亲杀掉。

吕端知道这件事情后，觉得宋太宗这样做非常不妥，于是他急急忙忙地找到宋太宗，对他说："从前，刘邦和项羽打仗，项羽抓到了刘邦的父亲，想要杀掉他。可刘邦却说：'我们拜过兄弟，我父亲就是你父亲，你如果要杀你的父亲，请你也分一碗肉汤给我喝。'弄得项羽没有办法。所以，想要做大事的人，都不会顾念到他们的家人，更何况像李继迁这样叛逆的人呢？陛下如果杀了他的母亲，不但不能让他臣服，还会让双方的矛盾更深。"

　　宋太宗觉得吕端说得有道理，可他又不能把李继迁的母亲放回去，就问吕端到底怎样做才是正确的。

　　吕端说："我认为，应该把李继迁的母亲安置在延州(今陕西延安)，好好地看护起来，让李继迁知道我们对他的母亲很好。这样一来，就可以引诱李继迁来投降。就算他不投降，他母亲在我们手上，他也不敢乱来。"

　　听了吕端的话，宋太宗高兴地说："要是朝廷中多有几个你这样的大臣就好了啊。今天如果不是你提醒我，我差点犯了一个大错误。"

　　后来，直到李继迁的母亲在延州病死，李继迁都没侵犯过宋朝。李继迁死后，他的儿子还很感激宋朝对他祖母的不杀之恩，向宋朝称了臣。

　　宋太宗有三个皇子，因为长子赵元佐发疯，次子赵元僖早死，所以宋太宗就立了三子赵元侃(kǎn)为太子，又将他的名字改为赵恒。

　　本来，宋太宗死了后，就该赵恒来当皇帝。可李皇后却不答应，她千方百计想让赵元佐来当这个皇帝，好让自己像萧太后那样掌握大权。宋太宗一死，

李皇后就让王继恩召吕端进宫,商议这件事。

吕端得知消息后,害怕赵恒不能即位,就把王继恩锁在了屋里,然后跑进皇宫找李皇后。

李皇后对吕端说:"现在陛下驾崩了,新的皇帝一直都是立的年长的皇子。因此我想让赵元佐来当这个皇帝,你看怎么样?"

吕端毫不犹豫地说:"陛下在世的时候,就已经立了三皇子做太子。现在陛下刚刚驾崩,你怎么就不听陛下的,要立别人做皇帝呢?"

李皇后看到吕端坚持,就不敢再多说,只好让人带着赵恒到宫中,举行登基大礼。

赵恒来到宫中,召集文武百官上朝拜见新皇帝。在朝拜典礼上,大家都对着赵恒跪拜,唯独吕端却是昂然站立,不肯下拜。

李皇后很奇怪,就问吕端:"你为什么不下拜?"

吕端回答说:"请皇后把珠帘卷起来,让我看清确实是太子,我才会跪拜。"原来古时候,皇帝在朝堂上,都要戴着前面缀着珠帘的皇冠,如果隔得远,就看不清真面目。吕端是怕李皇后耍花招。

李皇后没有办法,只好把珠帘卷起来,让吕端看了个仔细。吕端确认无误后,才上前跪拜。于是,群臣正式行君臣之礼,三呼万岁。赵恒即位,就是宋朝的第三任皇帝宋真宗。

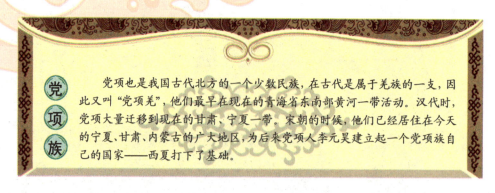

党项族 党项也是我国古代北方的一个少数民族,在古代是属于羌族的一支,因此又叫"党项羌",他们最早在现在的青海省东南部黄河一带活动。汉代时,党项大量迁移到现在的甘肃、宁夏一带。宋朝的时候,他们已经居住在今天的宁夏、甘肃、内蒙古的广大地区,为后来党项人李元昊建立起一个党项族自己的国家——西夏打下了基础。

澶渊之盟

　　宋真宗当上皇帝以后，大臣王旦向宋真宗推荐由寇准来担任宰相。寇准是个有才能的人，他学识渊博、有胆有识、为人正直。但他也有个缺点，就是好强任性，因为这个缺点，宋真宗对任用寇准做宰相还有点犹豫。

　　那时候，辽国的势力壮大以后，萧太后和辽圣宗就一直想带兵南下攻打宋朝。王旦就向宋真宗说："现在辽国经常进犯中原，要想打退辽国的进攻，必须要寇准这样有才能的人来处理啊！"

　　宋真宗看到边境的情况确实非常危急，就接受了王旦的推荐，让寇准做了宰相。

　　转眼到了景德元年(1004)，辽国又派了二十万大军南下。这次，辽

国的进攻非常凶猛，他们想凭着这些大军一举把宋朝灭掉。很快，辽军的前锋就来到了澶州(今河南濮阳)，告急文书像雪片一样飞到宋真宗那儿。

宋真宗接到消息，就召集大臣们一起商议这件事。副宰相王钦若是江南人，他就说："辽国这次南下，兵多将广，我们不可能打赢他们，还不如把都城迁到金陵(今江苏南京)去，避开辽国的攻击。"

另外一个大臣陈尧叟是四川人，他对宋真宗说："我看还是把都城迁到成都去，四川是天府之国，那儿易守难攻，比金陵好。"

两个大臣说来说去，都是想让宋真宗迁都逃跑，他们并不想和辽国开战。

可是寇准却不同意，他有信心打赢这场战争。于是寇准就对宋真宗说："陛下应该亲自到澶州指挥战斗，我们的士兵看到皇帝来了，一定会拼死作战。我相信只用五天时间就可以打退辽国的进攻。"

宋真宗是个胆小的皇帝，听到寇准说让他到前线去指挥战斗，他就害怕。宋真宗说："辽军来势这么凶猛，我到前线去也没有破敌的把握。不如就把都城迁到金陵或成都后再做打算吧。"

寇准听说宋真宗也想逃跑，非常愤怒，拦住宋真宗说："那些提出迁都的大臣都应该斩了他们的头。"他认为宋真宗只要去前线，就一定能打退辽军。如果迁都的话，人心动摇，敌人就会乘虚而入，国家就可能保不住。

宋真宗想到这可怕的后果，只好同意了寇准的请求，但他还是很害怕。

不久，宋真宗和寇准带着大军向澶州进发。走到韦城(今河南滑县东南)时，宋真宗接到报告说辽军又攻占了一个城池。一些随从大臣们吓坏了，他们趁寇准不在的时候，又在宋真宗面前唠叨，劝宋真宗迁都。

宋真宗本来意志就不坚定，听大臣们一说，他又动了迁都的念头。一天晚上，宋真宗对寇准说："大家都说我们该往南方跑，你看呢？"

寇准还是不同意，他说："陛下如果走了，我军就会不战而溃。陛下您想想，我们迁都的时候，辽军就会在后边紧紧追赶我们，我们又怎么能平安到达金陵或是成都呢？"

听了寇准的话，宋真宗不再说话了，但他心里还是像十五个吊桶打水，七上八下的。

寇准走出营帐，正好碰上殿前都指挥使高琼。寇准对高琼说："您一直都受国家提拔，现在国家有难，您会怎么做呢？"高琼大声回答说："我愿意以死报国。"

寇准很高兴，把高琼带进营帐对宋真宗说："陛下如果不相信我的话，您就听听高将军是怎么说的吧。"高琼说："将士们的家属都在东京，大家都不愿意南下。只要陛下前往澶州，我们就决心死战到底。"

寇准又说："陛下不要再犹豫了，您应该现在就动身。"宋真宗没有办法，只好连夜赶到了澶州。

这时候，辽国已经把澶州的东、北、西三面都围住了。宋朝澶州守将李继隆从南边把宋真宗一行迎进了城里。宋真宗进城后，士兵们看到皇帝亲临前线指挥，都高兴得呐喊起来。声音一直传到数十里以外。

过了几天，辽国主将萧挞 (tà) 凛带了几个骑兵来观察地形，没想到正好进入了宋军

事先埋伏好的箭弩阵地。宋军弩箭齐发,萧挞凛当场就被射死了。

听说宋真宗一来宋朝就把辽国主将射死了,萧太后害怕起来,她觉得宋朝不好欺负,就派人找宋真宗议和,要求宋朝把关南的地方割让给辽国。

宋真宗也害怕打仗,听说萧太后要议和,正好迎合了他的心意。他找到寇准说:"我不会答应割让土地给辽国,但是送些钱财给辽国,是可以答应的。"

寇准见宋真宗议和的态度非常坚决,只好点头同意。宋真宗就让曹利用到辽营和辽人谈判。曹利用临走的时候,宋真宗叮嘱他说:"如果辽兵肯退后的话,我们可以每年送给他们一百万两白银、一百万匹绢。"

曹利用出来后,遇上寇准。寇准告诉曹利用:"虽然陛下说给辽人一百万的财物,但你与他们谈判时,赔款的数目绝不能超过了三十万,不然我就要了你的脑袋。"

曹利用知道寇准的厉害,他到了辽营以后,经过一番讨价还价,最后商定宋朝每年给辽国白银和绢三十万,宋真宗称萧太后为叔母,称辽圣宗为弟弟。

曹利用回来后,告诉宋真宗说宋朝只需要送三十万就可以了,宋真宗欣喜若狂,夸奖曹利用办事能干,又赏了很多财物给他。到了十二月,宋朝和辽国正式签订和约,这就是历史上有名的"澶渊之盟"。

澶渊之盟后,宋朝每年向辽国送白银和绢,辽国也没有再攻打宋朝,两国的边境终于迎来了和平,而且这种和平一直持续了一百多年。

澶 渊 之 盟

在古代,澶州又叫澶渊郡,所以宋朝和辽国在澶州订立的盟约才叫"澶渊之盟"。澶渊之盟结束了宋朝和辽国几十年的战争,对我国这样一个多民族国家的发展和统一是有利的。但是,澶渊之盟要求宋朝用财物来换和平,此后的西夏和金国也向宋朝提出了这样的要求,宋朝基本上都答应了。

元昊建西夏

"澶渊之盟"以后,虽然宋朝和辽国保持了和平状态,可宋朝和西夏的争端却是愈演愈烈。那么这个西夏是怎么来的呢?

西夏是党项人建立的国家。党项人在李继迁作首领的时候,还不叫西夏,而只是宋朝西北方的少数民族。李继迁经常带兵骚扰宋朝边境。那时宋国和辽国还没有签订"澶渊之盟",宋真宗不想既和辽国有冲突,又和李继迁的党项起矛盾,于是就采取了妥协退让的政策,将李继迁封为夏州刺史、定难军节度使。

宋真宗让李继迁做了大官,可李继迁却不知道感谢,仍然带兵攻打宋朝,只是他的军事行动并没有取得多大的效果。

李继迁死后,他的儿子李德明成了党项首领。李德明知道宋朝强大,又对党项有恩,于是决定向宋朝称臣。宋真宗非常高兴,立即封李德明为西平王。李德明在向宋朝称臣时,也派人向辽国称了臣,辽国同样把他封为西平王。这样,党项跟宋朝和辽国都和平往来,不打仗了,他们就开始专心发展自己的势力。不久,党项的经济得到发展,社会也进步了。

李德明死后,他的儿子李元昊继位。元昊是个野心很大的人,他从小喜爱读书,对汉文和佛学都有浓厚的兴趣。成年之后,元昊多次带兵攻打回鹘(hú)、吐蕃(bō),使党项的势力范围扩展到了河西走廊。

元昊还非常反对向宋朝称臣,他认为党项人都是顶天立地的英雄,应该建立一个党项人自己的国家。

为了这个目标,元昊在当上党项首领以后,就积极训练兵马,准备摆脱宋

朝,建立新国。那时候,宋朝的皇帝已经换成了宋仁宗,宋仁宗多次派遣使者来到西夏,元昊接待时都很傲慢,摆出一副帝王的架势。

其实,元昊反宋自立的计划,在党项内部是遭到了很多人的反对的。贵族山喜就不答应,还曾联合其他大臣,准备杀死元昊。只是最后让元昊察觉了山喜的阴谋,将山喜和他的族人逮捕,全部处死。

元昊的叔父山遇也不同意元昊的主张,他向元昊说明利害关系,劝他继续与宋朝和好。元昊为了扫清自己前进的障碍,就命人诬告山遇谋反。山遇无奈,只好逃往北宋境内的延州,向当地官员报告了元昊的图谋。

延州官员不敢得罪元昊,就将山遇抓起来交给元昊。元昊见了山遇,就当

着满朝文武的面，将他斩首示众。从此，兴州官员再也没人反对元昊的计划了。

由于山遇的事情，元昊知道自己要建国的想法已经被宋朝知道了，于是他索性一不做、二不休，于公元1038年，正式在兴庆府(今宁夏银川)南郊筑造祭坛，然后登坛称帝，建国号为大夏，将兴庆府定为首都。由于元昊建立的夏国在宋朝西北，所以历史上将其称为西夏，元昊就是夏景帝。

元昊的政权，建有汉制和党项两套官职，设中书省和枢密院，分掌文武两班，因而使他这个以党项族为主体的政权中，党项同汉族人士能够很好地合作。

元昊还命野利仁荣以汉字为基础，创造西夏文。西夏政府又翻译了大量汉文著作和佛经，并建立太学，推崇孔孟之道。在礼仪制度方面，李元昊也进行了很多改革，把党项人的文化水平又提高了一步。

同时，元昊建立了50万人的强大军队，完善了军制，他将军队分成左右厢，设立十二监军司，各监军司驻扎在固定的地区，每监军司设有都统军、副统军、监军使各一人。

元昊完成了西夏建国的梦想，就上表给宋仁宗，要求宋仁宗承认他建立的夏国。宋朝君臣议论了一下，认为这是元昊反宋的表示，就下令削去元昊西平王爵位，断绝贸易往来，还在边境关卡上张榜悬赏捉拿元昊。这一来激怒了元昊，就决定大举进攻。于是，宋朝和西夏不可避免地爆发了大规模的战争。

西 夏 皇 帝 的 姓 氏

李继迁、李德明和李元昊本来不姓李，而是姓拓跋。他们姓李是唐朝皇帝赐予的。唐朝末年黄巢大起义，李元昊的祖辈因为镇压黄巢起义军有功，被唐僖宗赐姓为李。李元昊建国后，为了表示和中原王朝决裂，又自己改姓为"嵬(wéi)名"，也不再称"西平王"，改称"兀卒"(就是青天的儿子的意思)。

好水川之战

李元昊决定进攻宋朝时，宋朝在西北边境的士兵有三四十万，看起来很多，但这些士兵都分散驻扎在 24 个州的几百个堡垒里，而且各州人马都由朝廷统一指挥，互相不能配合。再加上西北的宋军好久没有打仗了，士兵们都没有好好训练。而西夏兵却是集中指挥，机动灵活，来势汹汹。所以从战争一开始，宋朝就老是吃败仗。

过了一年，元昊带着大批军队攻打宋朝的延州（今陕西延安）。延州知州范雍是个只知读书的文官，根本就没有带兵打仗的才能。

元昊假装派人送信给范雍，说是不打延州了，要和范雍议和。范雍竟然信以为真，从此再不好好防备。

元昊见把范雍骗住了，就积极展开军事行动，他首先把延州外围的宋军全部消灭了，接着乘胜把延州包围了起来。范雍一见，害怕得不得了，连忙请求其他地方的宋军支援。谁知，元昊又在三川口设下埋伏，把前来支援的宋军打了个落花流水。三川口之战后，天降大雪，元昊便没有攻打延州。

宋军在三川口打了个大败仗，宋仁宗十分恼火，就把范雍撤了职，另派大臣韩琦和范仲淹到陕西指挥抗击西夏的斗争。

范仲淹是个有才能的人，他到了边境以后，把边境上的军事制度作了调整，还把延州的兵马分成六路，由六个将领日夜操练。很快，宋军的战斗力就提升了起来。西夏将士看到宋军防守非常严密，就不敢再打延州，他们私下议论："小范老子（范仲淹）胸中有百万甲兵，可不像老范老子（范雍）那样好欺负了。"

　　但是这时候，范仲淹和韩琦却发生了矛盾。范仲淹认为宋军实力不如西夏士兵，应该以防守为主。可韩琦却认为宋军有能力打败西夏，因此他主张主动进攻。

　　公元1041年2月，元昊又带着大批人马进攻渭州（今甘肃平凉），韩琦马上集中所有人马，还选了一万八千名勇士，由大将任福率领出击。

　　任福带着几千骑兵赶了一阵，见到一支西夏兵，双方打了一仗，西夏兵很快就丢下战马、骆驼跑了。任福派人侦察，听说前面没有多少西夏兵，便领着自己的部队在后面紧紧追赶，赶了三天三夜，来到好水川（今宁夏隆德西）。那时天已经黑下来了，任福就让宋兵们原地休息，打算第二天一早和预先约定的另一支宋军在好水川会师，然后痛击西夏兵。

　　第二天，任福带着部队沿着好水川西进，到了六盘山下，没有发现西夏士兵，却看见路边放着好几个银泥盒子，封得十分严密。宋军不知道那是什么东

47

西，都很好奇。有几个宋军走上前去拾起盒子，仔细一听，发现里边还有一种跳动的声音。士兵们不敢做主，就向任福报告，任福也不明所以，便让士兵们把盒子打开。

盒子刚一打开，就听见"噗噗"的声音，几百只带哨的鸽子从盒子里飞了出来，在宋军头上盘旋飞翔。原来，那小股西夏兵的败退是假的，元昊早就在这儿埋伏了十万大军，那些盒子也是西夏兵故意设在这儿的，盒子里面的鸽子就是他们发动攻击的信号。

鸽子一飞起来，四面的西夏军就倾巢而出，任福还没明白是怎么回事，也没有列好阵势，只得仓促应战。由于西夏军太多，宋军很快就被包围起来。宋军奋力突围，从早晨一直打到中午，死伤惨重。这时，西夏军中又竖起一面两丈长的大旗，又有大批西夏兵从两边杀出，宋兵边打边退，有很多人掉下悬崖摔死了。

任福奋力冲杀，身上中了十多箭仍然不退，兵士劝他逃跑，他却说："我是宋朝大将，现在兵败，我也只有以死报国了。"说完，他又冲了上去。后来，任福被敌人用枪刺中左颊牺牲。

好水川之战，宋军又以大败收场。韩琦知道是自己的过失，就上书宋仁宗请求处罚，结果宋仁宗把韩琦和范仲淹都撤了职。但不久，宋仁宗又让韩琦和范仲淹主持防御西夏的事情，这次终于采取了范仲淹的防守策略。

列 阵

古代军队作战时会把参战部队(战车、步兵、骑兵等)按照作战要求排列成一定的阵式，这就是列阵。阵式一般是方形或长方形的。这种阵式是从古代军队的编制中来的，以伍或队为基础，包括左军、中军、右军。根据作战规模的不同，阵式也不同，有的大方阵人数可以达到万人以上。

面涅将军

西夏建国后，就不断派兵侵犯宋朝边境。宋仁宗对西夏这个敌人非常头疼，日夜寻思着有一个能打仗的人帮他稳定边疆就好了。

有一次，朝廷派禁军到宋朝和西夏的边境作战。禁军中有个低级军官狄青，他出身于普通士兵，脸上还刻着字，但他却英勇善战、胸怀大志。这次狄青也随着军队来到了保安(今陕西志丹)。

没过多久，西夏就来进攻保安。保安的宋朝守将卢守勤打不过西夏人，一连吃了好几回败仗，兵士们一听说西夏人来了就害怕，卢守勤很是发愁。

狄青主动找到卢守勤，对他说："现在西夏人很猖狂，我们应该给他们一点颜色看看。我愿意担任军队的先锋，为国家出力。卢守勤正愁着呢，一见狄青肯站出来，非常高兴，立即就给了他一队人马，让他出城去抵御敌人。

狄青出城后，故意把头发打散，用一个青铜面具把脸罩住，只露出两只炯炯有神的眼睛，看上去就像鬼神一样。狄青手拿一支长枪，带头冲进西夏兵中，奋勇砍杀。西夏兵一看到狄青的这副打扮，都很害怕，以为是鬼神现世了。结果这场仗打下来，西夏军队被杀得大败，宋军打了个大胜仗。

捷报传到东京，宋仁宗非常高兴，心想宋朝终于找到了一个可以稳定边疆的将军。于是，宋仁宗将狄青连升了四级，连卢守勤也得到了提拔。

宋仁宗还想召狄青进宫，让他亲自接见。可是到了公元1041年2月，西夏的军队又来侵犯边境，卢守勤派出狄青作战，召见的事只好取消了。可宋仁宗还是想看一下狄青是个怎样的将军，于是就找人画了一幅狄青的肖像，送到宫中。

此后,狄青每一次作战都披头散发,戴着面具。他先后参加了二十五场战斗,虽然他也受了很多伤,但他每次都能取胜。西夏的士兵一听到狄青的名字,就吓得够呛。因为狄青脸上刻有字,人们又叫他"面涅将军"。面就是脸,涅就是刻字的意思。

过了几年,狄青的名头越来越响。大臣范仲淹对狄青很感兴趣,就召见狄青,把他留在了自己部下。

有一天,范仲淹问狄青:"你读过什么书呢?"狄青一直在军队中,根本就没念过什么书。狄青也不怕不好意思,就照实对范仲淹说:"我没读过什么书。"

范仲淹听了,语重心长地对狄青说:"你现在是个将军了,是要带领军队作战的,如果你不读点书,不知道点兵法,那怎么能够让别人信服呢,只靠个人的勇敢是不行的。"说完,范仲淹推荐了几本书给狄青看。

狄青很感激范仲淹的教导,回去以后他就开始认真读书。虽然他认不了多少字,学习时遇到了很多困难,但他从来没有放弃,而是虚心向别人请教。几年下来,狄青就将这些书背得滚瓜烂熟了。

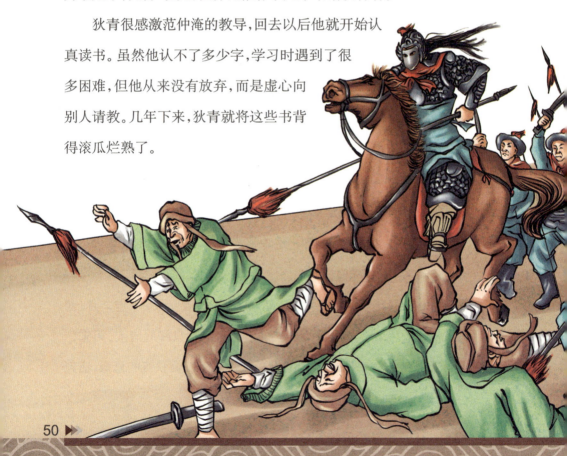

狄青有了知识，在战场上打仗更加有办法，又立下了很多战功。到了公元1044年，西夏国君李元昊不愿意再和宋朝打仗，就像辽国一样派人和宋朝议和。宋仁宗也想两国和平往来，就签订协议让西夏向宋朝称臣，宋朝每年送一些金银、绢和茶叶给西夏。

宋朝和西夏不再打仗，宋仁宗就把狄青调到了京城，让他掌管全国的军事。宋仁宗看见狄青脸上刻着字，认为这样会影响他当官的形象，就劝狄青敷上药，把脸上的字给抹了。

狄青却不同意，对宋仁宗说："陛下不嫌我出身低贱，让我当了这么大的官。这是对士兵们的一种激励啊。我脸上的字也应该留着，让士兵们看了后，才知道上进啊。"

后来又有人拿出唐朝名相狄仁杰的画像，对狄青说："您和狄仁杰有没有关系？不如认狄公做自己的祖先吧！"

狄青笑了笑说："我本来出身卑贱，多亏皇上的信任才身居高位，怎么敢与狄公高攀呢。"

听了狄青的话，宋仁宗非常赞赏狄青，更加器重他。后来，宋仁宗又派狄青去平定南方侬智高的叛乱，狄青很快就平定了，为宋朝的稳定做出了很大的贡献。

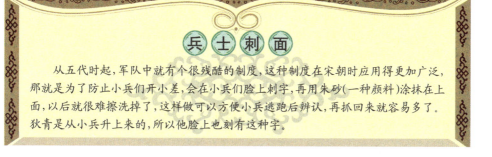

兵 士 刺 面

从五代时起，军队中就有个很残酷的制度，这种制度在宋朝时应用得更加广泛，那就是为了防止小兵们开小差，会在小兵们脸上刺字，再用朱砂(一种颜料)涂抹在上面，以后就很难擦洗掉了，这样做可以方便小兵逃跑后辨认，再抓回来就容易多了。狄青是从小兵升上来的，所以他脸上也刻有这种字。

庆历新政

宋仁宗的时候,宋朝的官僚机构很庞大,但效率却很低下。再加上宋朝和西夏经常打仗,国家花了很多钱在打仗上,这就让宋朝的形势越来越不好。

范仲淹是苏州吴县人,他在主持和西夏的战争中,不仅大胆任用狄青,也制定出了很多边防措施,最后逼得西夏和宋朝签订了和约。范仲淹立下了这么多大功,宋仁宗觉得范仲淹很有能力,就将他调到京城,让他做了副宰相。

范仲淹也知道宋朝现在弊病太多,一定要加以整顿才行。回到京城后,经过调查,范仲淹向宋仁宗写了一道奏章,提出宋朝必须进行政治改革。这道奏章的主要内容有:

一、对官吏一定要按照他们的政绩好坏加以提拔或者降职。

二、严格限制大臣们靠父亲的关系来谋取官职。

三、严格科举考试的制度,让它在公平、公正的情况下进行,做到真正为国家选拔有用的人才。

四、慎重选择和任用地方长官,让他们都为百姓办好事。

另外,范仲淹还提出了一些减轻百姓负担、加强军备、严格法令的建议。

宋仁宗也很想国家富强起来,见到范仲淹的这条奏章后很高兴,就批准了,并让范仲淹来主持这次改革,还让大臣韩琦、富弼、欧阳修等协助范仲淹。由于宋仁宗当时的年号叫庆历,所以历史上又把这次改革叫做"庆历新政"。

这年冬天,范仲淹派了一些人去考察各个地方的官员。只要发现这些人说哪个官员不称职,范仲淹就打开政府的花名册,提起笔来,把这个官员的名字勾掉,准备换上别的有能力的官员。

富弼看到范仲淹这样做，心里不忍，就对范仲淹说："范公呀，你用笔这一勾，被勾掉的那个人就丢了官，他的一家人都会哭个不停啊。"

范仲淹严肃地对富弼说："我如果不让这一家人哭，就会让他管辖的那个地方的千百家百姓都要哭啊。我这样做，是为百姓着想啊。"富弼听了范仲淹的话，一下子就明白了过来，他非常佩服范仲淹的高明见识。

由于范仲淹撤了很多人的官，得罪了很多人，他们恨透了范仲淹。那些皇亲国戚、权贵显要、贪官污吏纷纷闹了起来，到处散布谣言，说范仲淹的坏话。就是这样他们都还不解恨，又用钱买通了宦官，让他们在皇帝面前攻击范仲淹的改革。

宋仁宗看到反对的人越来越多，渐渐地也动摇了起来。恰好这时，一位支持范仲淹改革的官员石介批评了大臣夏竦(sǒng)，让夏竦丢了官。

丢官后的夏竦非常生气，就找到他府中一个很聪明的丫鬟，让她天天练习模仿石介的笔迹。过了一些时候，这位丫鬟就将石介的笔迹模仿得惟妙惟肖。

夏竦见时候差不多了，就让这位丫鬟伪造了一封石介写给富弼的密信。在信中，夏竦编造谎言说，范仲淹和富弼等人要废掉宋仁宗，另外立一个新皇帝。然后，夏竦将这封信交给了宋仁宗。

宋仁宗看到这封信后，信以为真，他也因此失去了对范仲淹的信任。范仲淹看到宋仁宗不再支持他，觉得在京城待不下去了，就向宋仁宗提出回到陕西防守边境。正好宋仁宗也有这个想法，就把范仲淹打发走了。范仲淹一走，宋仁宗就下令把他的新政全部废除。这样一来，庆历新政最终还是失败了。

新政失败了，但范仲淹却没有因为个人的遭遇而感到懊恼。第二年，范仲淹的一个在岳州(今湖南岳阳)做官的老朋友滕宗谅写信给范仲淹，请求他为岳州新修好的岳阳楼写一篇文章。

范仲淹接到信后，立即挥笔写下了著名的《岳阳楼记》。在这篇文章中，范仲淹提出了"先天下之忧而忧，后天下之乐而乐"的名句。这两句话千百年来一直被后人所传诵，它表现了范仲淹高尚的爱国情操。

岳阳楼

岳阳楼在湖南省岳阳市西门城头，紧靠洞庭湖，最早建在三国时期，后来它和江西南昌的滕王阁、湖北武汉的黄鹤楼并称为江南三大名楼。范仲淹写下《岳阳楼记》以后，岳阳楼也由于范仲淹的文章而更加出名了。现在岳阳楼还是我国的重点文物保护单位，也是我国著名的风景名胜之一。

欧阳修改革文风

　　庆历新政失败以后，支持范仲淹的韩琦、富弼也受到牵连。那些不喜欢新政的人洋洋得意，都说范仲淹结交党羽，罪有应得。有些人虽然同情范仲淹，但也不敢出头说话，怕得罪了这些人，自己也遭殃。这时候，只有欧阳修站了出来，替范仲淹说好话。

　　欧阳修上奏章给宋仁宗说："自古以来，坏人诬陷好人的时候，都会说好人在结交党羽。范仲淹是国家有用的人才，您怎么能够把他罢免呢？这样只会让坏人们高兴，让好人担心。"

　　不喜欢新政的人听说欧阳修在替范仲淹说好话，都很恐慌，他们赶忙联合起来又诬陷欧阳修。宋仁宗听信了这些人的话，就把欧阳修贬到了滁(chú)州(今安徽滁县)做知州。

　　欧阳修是我国著名的文学家，他是庐陵(今江西吉

安)人。欧阳修四岁的时候父亲就死了,他的母亲只好带着他到随州(今湖北随州)投靠他叔父。虽然家里很穷,但他母亲却一直希望他念好书。买不起笔,他母亲就拿荻(dí)草秆在泥地上划出字来让欧阳修辨认。欧阳修很聪明,他也拿着荻草秆在地上划来划去,就这样欧阳修认识了不少字。这个故事后来又被叫做"画荻教子",在随州一带流传很广。

　　长大以后,欧阳修更加热爱学习。家里没钱买书,他就经常到有书的人家去借书来看,回家后读到能背诵时再还给人家。有时候,他对借来的书太喜欢了,就会用笔把这些书抄录下来。

　　有一天,欧阳修到一家姓李的人家借书,从那家人的废纸篓里发现了一本旧书。欧阳修拿起来翻阅了一下,发现那是一本唐代文学家韩愈的文集。欧阳修非常喜欢,就对主人说:"你既然不要这本书,那可不可以把它送给我呢?"主人见欧阳修爱看书,就爽快地送给了他。

　　回家后,欧阳修看着韩愈的文集,越看越觉得精彩。他发现韩愈的文章很简单明快,说理说得很透彻,不像现在社会上流行的文章,只追求华丽的词语,其实内容很空洞。从此,欧阳修下决心学习韩愈的写作手法,改变现在流行的这种文风。于是他刻苦攻读韩愈的文集,有时候连饭也忘了吃,觉也忘了睡。

　　公元1030年,欧阳修到东京参加科举考试,连续考了三场,都是第一名。那时,欧阳修才二十四岁。考上进士以后,欧阳修在

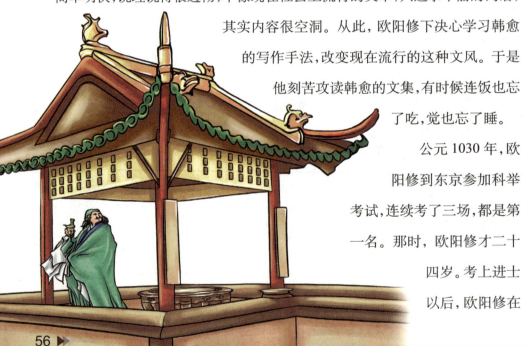

朝廷里当了一个谏官,他不像别的谏官,不敢说得罪人的话。只要他认为是对的,他就会向宋仁宗据理力争,就算知道自己会被贬也不会退缩。

欧阳修被贬到滁州以后,除了积极处理滁州的政务以外,他还经常到滁州的各个地方游山玩水。滁州四面环山,风景优美,每一次欧阳修都玩得很高兴,看到这些优美的风景后,他就用笔记录下来,这些文章后来都成了著名的散文。

当时,有个滁州的和尚在滁州城外的琅琊山上造了一座亭子供人们休息,山上景色优美,令人流连忘返。欧阳修登山游览时候,就经常来这座亭子里喝酒,并自称"醉翁",他还给亭子起了个名字,叫"醉翁亭"。

欧阳修对醉翁亭的美景难以忘怀,就特地写了一篇文章作为纪念,这就是流传千古的《醉翁亭记》。他在开头描述滁州四面的山峦,写了几十个字。写完后欧阳修觉得不够简洁,就删为"环滁皆山也"(滁州四面都是山)五个字,一下子就把意思表述清楚了,又简单,又自然,完全是韩愈的那种文风。

欧阳修在滁州待了十多年,宋仁宗才想起他的才干,又把他调回了京城,让他担任翰林学士。

欧阳修觉得这是一个改革文风的好机会,就积极提倡文人们都按照简单明快的风格来做文章。后来考生们在考试时,就都按照他的风格来写文章了,社会上也开始流行起内容充实和朴素的文章来。

醉 翁 之 意 不 在 酒

欧阳修在《醉翁亭记》中有一句话,叫"醉翁之意不在酒",欧阳修的意思是说他的本意不在于酒,而在于醉翁亭和山间的景色。后来这句话又演变成了人们的常用语,用来表示本意不在这里,而在别的地方的意思。比如:他在我们班检查纪律是醉翁之意不在酒,因为他其实是想学习我们班怎么抓纪律的。

包青天

宋仁宗废除了范仲淹的庆历新政以后，宋朝的情况丝毫没有见到好转，反而越来越腐败。宋仁宗这时才后悔了起来，可是这时候范仲淹已经死了，不能再为他推行新政了。为了打击权贵，宋仁宗不得不另外找人来办这些事。

经过一番挑选后，宋仁宗认为包拯是个合格的人选，就让他担任开封的知府，让他整顿京城的风气。

包拯是庐州合肥人，他从小就很聪明，判断事情非常准确，受到乡亲们的一致称赞。公元1027年，包拯参加科举考试，考中了进士，被朝廷派到天长县做知县。他上任之后，遇到了很多疑难案件，但每次他都能把案子审理得清清楚楚，让大家心服口服。

有一天，有个农民到县衙来告状，说："我昨天晚上把我的耕牛好好地拴在牛棚里，可等我第二天早晨起来一看，我的耕牛却躺在地上，满嘴都在流血。我仔细一看，原来，竟然有人在昨天晚上把我的耕牛的舌头割掉了。我又气又心疼，请大人为小民做主啊。"

这个无头案怎么查呢？包拯想了一下，有了办法。他对那个农民说："你不要把这件事告诉别人，回去以后，你就把你的牛杀了吧。"

这个农民很相信包拯，回家后真的就把他的牛杀了。而按照宋朝当时的法律，耕牛是不能私自宰杀的。

第二天，就有人来县衙告状，说那个农民私自把牛杀了，触犯了法律。

包拯问明情况后，知道后来告状的就是那个割了牛舌的人，他一拍惊堂木说："你这个家伙，胆子好大！你把别人的牛舌割了，现在反倒来告别人杀了耕

牛。你还不认罪吗？"

那个家伙一听就呆了，只好跪在地上磕头，老老实实地交代了他割牛舌的经过。

这件事情以后，包拯善于判案的名声越来越响，连宋仁宗也知道了。于是，宋仁宗就将包拯调到了开封府。

宋朝那时候有个规矩，就是百姓们到衙门告状，必须要先请人写好状子，再通过衙门的小吏交给府尹。这就给了小吏和讼师勾结的机会，他们联合起来敲诈百姓的钱财，百姓们都很愤怒，但又没有办法。

包拯上任以后，认为这样做是不行的，他就让手下人在开封府衙设了一面大鼓。人们要告状的话，直接到府衙击打这面鼓，府尹听到鼓声后就可以立即受理案子。这个措施推出来以后，开封的百姓都拍手称快，说包拯为百姓做了件大好事。

有一次，开封附近连续下起了大雨，那里的一条惠民河河道被阻塞了，水排不出去，影响到附近的老百姓，人们为了躲避水患，

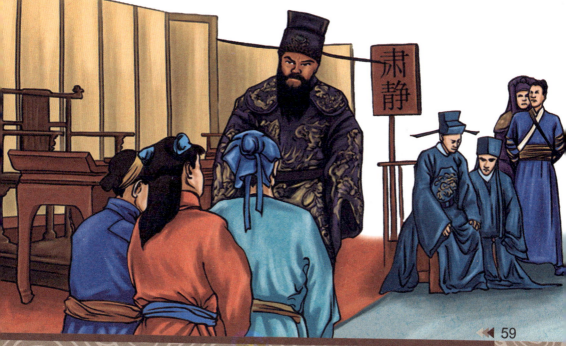

不得不离开居住的地方。包拯经过仔细调查后发现,这次水灾这么严重,完全是因为有些权贵在河道上修筑花园、亭台造成的。包拯非常生气,就下令那些权贵把他们的花园、亭台都拆了。

有个权贵满以为自己势力很大,不肯拆除。包拯就叫衙役们去催,那人还强词夺理,拿出一张地契来说那块地是他祖上留下的。

包拯仔细一检查,发现那张地契是假的。就打算写一份奏章向宋仁宗揭发这件事。那人一看事情要闹大,再也不敢硬来了,只好乖乖地把花园和亭台拆了。这些花园和亭台拆除以后,惠民河的河道也得到了疏通,再没有发生过灾害。

京城的权贵听说包拯执法这么严厉后,都很害怕,再也不敢做违法乱纪的事了。有个权贵还心存侥幸,希望用钱打通包拯,让他放自己一马。可还没等他把钱财送给包拯,别人就劝他说:"这个包拯与别的开封府尹不同,你送钱去也不顶事,别白费心了。"

开封的老百姓后来都知道包拯是个好官,越发信任他。权贵们也都知道包拯不好惹,都收敛起来。这样一来,开封违法的案件就越来越少了。

宋仁宗也觉得包拯做得好,就又升了他的官。包拯做了大官,可他的生活却依然很朴素,跟普通百姓一样。他还要求他的子孙后代,要是谁做了贪官,都不许回老家,死了以后也不许葬在包家的坟地上。

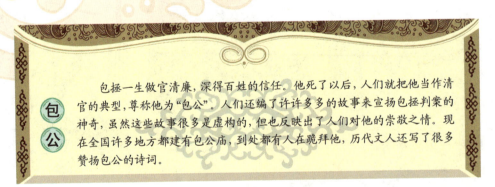

包 公

包拯一生做官清廉,深得百姓的信任。他死了以后,人们就把他当作清官的典型,尊称他为"包公"。人们还编了许许多多的故事来宣扬包拯判案的神奇,虽然这些故事很多是虚构的,但也反映出了人们对他的崇敬之情。现在全国许多地方都建有包公庙,到处都有人在跪拜他,历代文人还写了很多赞扬包公的诗词。

扫码查看
☑ 中华故事
☑ 典故趣闻
☑ 能力测评
☑ 学习工具

濮议之争

宋仁宗做了四十年皇帝，他死后，赵曙登基做了皇帝，就是宋英宗。

公元1065年4月，宰相韩琦对宋英宗说："您已经当了皇帝，应该给您的亲生父亲濮王一个名分。这件事情可以让大臣们都来讨论，看他们怎么说。"

这时候濮王已经死了很多年了，宋英宗是个孝顺的人，他也想追封父亲，这时听韩琦这样说，正合了他的心意，他便把大臣们召集到了一起。

商议的时候，韩琦说："既然陛下已经是皇帝了，就该称濮王为先皇。"

韩琦话还没说完，翰林学士王珪就反对，他说："如果把濮王称为先皇，那仁宗皇帝又该称什么呢？我看，应该称濮王为皇伯。"

古代人把礼节看得很重，因为濮王的称号问题，大臣们激烈争吵起来，这次争议就是"濮议之争"。大臣当中，有支持韩琦的，但支持王珪的更多。

宋英宗一看，非常生气，他本以为大臣们都会同意他追封濮王，没想到惹来这么多人反对。连皇太后也不同意宋英宗这么做，还说韩琦的提议很荒唐。

宋英宗想了很久，决定不管大臣们怎么反对，他一定要封濮王为先皇。不久，他就和韩琦把这件事定了下来，又把欧阳修召回来，让他写了两份诏书，一份交给宋英宗，一份由欧阳修自己保管。宋英宗这样做，是想骗得皇太后同意他的决定。

有一天，宋英宗和皇太后一起吃饭，皇太后多喝了点，有点醉了。宋英宗趁机取出一份封濮王的诏书，对皇太后说："我这里有一封朝廷的公文，请太后您批准。"皇太后醉醺醺的，也不知道怎么回事，稀里糊涂地就在诏书上签了字。

第二天，欧阳修拿出这份诏书给大家看，王珪却不以为然地说："这份诏书很可能有问题，我们要找皇太后问个明白。"宋英宗笑着说："这有什么问题，来人，赶快请皇太后过来。"皇太后来到大殿上，看到诏书上有自己的名字，大吃一惊。皇太后本想不承认，但又怕说自己喝酒误事让人笑话，只好硬着头皮承认了下来。宋英宗大喜过望，立即宣布退朝。

王珪见事情已经到了这个地步，也没有办法。但御史吕诲却气不过，他与大臣范纯仁、吕大防一起上奏章说："韩琦为了讨好陛下您，勾结太监作下这样的事。我们不愿意和这些的人作同事，因此请求辞职。"

宋英宗很生气，把他们都贬了。但宋英宗也知道自己在这件事情上用了欺骗的手段，他又对负责职位升降的官员说："不要把他们处罚得太重了。"

接着，又有些反对的人也要求辞职，宋英宗便找韩琦和欧阳修商量。韩琦和欧阳修说："您如果认为自己做的是对的，就要坚定的按照自己的意思来做。"

在韩琦和欧阳修的支持下，宋英宗又贬了一些人。对于王珪，宋英宗却给他升了官，他认为王珪当了大官，就不会再为难他了，结果果然如此。到了九月，"濮议之争"正式结束，宋英宗取得了最后的胜利。

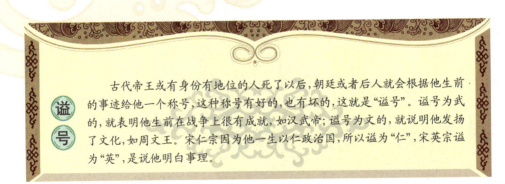

谥号

古代帝王或有身份有地位的人死了以后，朝廷或者后人就会根据他生前的事迹给他一个称号，这种称号有好的，也有坏的，这就是"谥号"。谥号为武的，就表明他生前在战争上很有成就，如汉武帝；谥号为文的，就说明他发扬了文化，如周文王。宋仁宗因为他一生以仁政治国，所以谥为"仁"，宋英宗谥为"英"，是说他明白事理。

王安石变法

宋英宗只当了四年皇帝就病死了,由太子赵顼(xū)即位,这就是宋神宗。宋神宗即位的时候,宋朝的国力已经开始衰落了。宋神宗是个有作为的皇帝,他知道国家要繁荣富强,就一定要通过改革来实现。

宋神宗登基以后,常常听到有个官员说出一些很好的见解。宋神宗很高兴,就虚心向他请教。谁知这个官员却说:"这些意见都是我的一个朋友说的,他叫王安石。"

宋神宗这才知道有王安石这个人,他想,王安石一定是个很好的助手。于是,宋神宗就把在江宁做官的王安石调到京城来,与他一起商议国事。

有一次,宋神宗单独召见王安石,问他说:"我想让国家繁荣富强起来,你有什么高见吗? 有的话,请原原本本告诉我,不要有任何顾虑。"王安石见宋神宗这么信任他,就回答说:"我们的法律制度还很落后,我们一直没发展起来的原因就在这儿啊! 我觉得要使国家强盛,首先就要从法令上进行改革。"

宋神宗觉得王安石说得很对,就说:"你这个主意很好。我相信你,你回去后写个方案,写好后就拿给我看吧。"

第二天上朝时,王安石就把这份奏章交给了宋神宗。宋神宗一看,觉得这些意见都很好,高兴地说:"这道奏章上说得都很实际,有些东西还是我没听说过的呢。我们就从这些开始吧。"

为了方便改革的进行,宋神宗让王安石做了宰相,推行变法。由于这次变法是在宋神宗熙宁年间举行的,因此被称为"熙宁变法",又叫"王安石变法"。

王安石变法中,最主要的是青苗法,就是规定农民在青黄不接的时候可以向官府借粮，半年内加上少量利息还给官府。这样，不但减少了高利贷对农民的盘剥，又增加了官府的收入。

此外，还有免役法。就是官府的差役，不再让农民轮流担任，而是让官府雇人担任。老百姓按贫或富交纳免役钱，原来不服役的官僚地主也要交钱。这样既增加了官府的收入，又减轻了农民的负担。

还有方田均税法，就是重新丈量全国的土地，包括那些让官僚地主隐瞒的土地都要丈量，然后按照土地的实际面积和好坏征收赋税，减轻百姓的负担。

另外还有农田水利法、保甲法等等，都是对百姓有益的措施。

王安石推行新法后，很快就取得了效果。宋神宗、老百姓都很拥护王安石。但是，王安石的变法却损害了很多权贵显要、官僚地主的利益，他们想方设法地攻击王安石，企图阻止他继续变法。

后来，这些人又把坏话告到了宋神宗那里。宋神宗见反对的大官很多，就召来王安石说："我听说外面的人都在议论，说我们不怕天变，不听人们的建议，不遵守祖宗定下的规矩，擅自搞什么变法。你对这些有什么看法呢？"

王安石是个很坚定的人，他不会遇到阻碍就停止变法。他从容不迫地回答："陛下只要认真处理政事，就能够防止天变；只要自己做得对，就不要管别人说什么；对于祖宗的老规矩，我们不可能一味遵守，要随着形势来改变。"

听了王安石的话，宋神宗觉得有理，就暂时没再理会别人的坏话。

1074年，河北发生了旱

灾,一连十个月都没有下雨,农民收不到粮食,只好到处逃荒。有个反对变法的官员见此,趁机向宋神宗献了一幅"流民图",他对宋神宗说:"您看,王安石一意孤行,只知道变法,把老天爷都惹怒了,现在就是老天爷降下灾祸在惩罚我们呀。因此,我们应该罢免王安石,废除新法。"

恰好,宋神宗的祖母、母亲也不支持王安石变法,听说这件事后,她们就整天在宋神宗面前哭着说:"天下让王安石治理得这么乱,你还信任他吗?要想天下太平无事,只有废除新法才行啊!"

在祖母、母亲、权贵们面前,宋神宗渐渐失去了改革的信心,整天唉声叹气,连饭也吃不进去。

王安石眼看新法实施不下去了,气愤地向宋神宗提出辞职。宋神宗也只好批准了王安石的请求,让他回了江宁府休养。

到了公元1075年,宋神宗又想推行新法,就把王安石召回来重新任为宰相。可是几个月后,天空中出现彗星,那些大臣又上书说是老天爷在惩罚宋朝。

宋神宗又慌了神,要大臣对朝政提意见,那些反对变法的人乘机攻击王安石的新法。虽然王安石竭力为自己辩护,说这些不过是正常的天象,和变法没有关系。他还劝宋神宗不要相信这种迷信的说法。可宋神宗还是禁不住那些大臣的风言风语,最终再次罢免了王安石。

王安石没办法继续变法,只好又辞职回到了家里。没过多久,他就逝世了。

王 安 石 的 诗

王安石不仅是一位伟大的政治家,也是一位卓越的文学家,他一生写了很多诗,这些诗都是和人民相关的,反映的都是人民生活的疾苦和社会问题。比如《元日》:"爆竹声中一岁除,春风送暖入屠苏。千门万户曈曈日,总把新桃换旧符。"文学上还把王安石与欧阳修、苏轼、黄庭坚放在一起,称为"北宋文坛四大家"。

司马光与《资治通鉴》

宋神宗的时候，朝廷中的大臣分成了两派。一派是以王安石为代表的改革派，一派是以司马光为代表的守旧派，他们主张尊重传统，反对变法。

王安石罢相以后没多久，宋神宗就病死了，年龄只有十岁的太子赵煦即位，就是宋哲宗。宋哲宗年龄太小，就由他祖母高太后主持朝政。高太后是反对变法的，因此她一临朝，就把反对变法的司马光调到京城来做了宰相。

司马光是陕州夏县(今山西闻喜)人，出生在一个官宦家庭，从小就聪明伶俐、胆识过人，深得人们的喜爱。

有一次，司马光和小伙伴们在后院里玩捉迷藏。院子里有个大水缸，有个小孩扒着大水缸爬上爬下，突然一不小心，滑到了缸里。缸中装满了水，那小孩滑进去后，眼看水都快没顶了。周围的小孩吓坏了，都哭了起来。

司马光却不慌不忙，搬起一块石头来，使劲力气朝水缸砸去。只听"咚"的一声，缸被砸破了，缸里的水都流了出来，滑进缸里的小孩也得救了。司马家的大人回到家后，对司马光砸缸救人的事都感到很惊奇，从此更加欣赏他。不久，司马光砸缸的故事就传开了，在当时的东京、洛阳等地，还有人把他的事迹画成画，广为流传。

宋神宗在位的时候，司马光担任翰林学士。司马光本来是王安石的好朋友，但在变法这件事情上，两个人的意见不同，后来就渐渐说不到一块儿去了。

一次，司马光写信给王安石，说他的变法中有四个缺点，就是侵犯官员职权、惹是生非、聚敛钱财和不接受别人的意见。

王安石认为司马光说得不对，就回了一封信。在信中，王安石说："皇上让

我变法,怎么能说侵犯官员职权呢;我为国家理政,怎么说是惹是生非呢;我为百姓管理财物,怎么能说是聚敛钱财呢;我指出别人观点的错误,怎么能说是不接受别人的意见呢。"

司马光接到王安石的回信,他知道王安石变法的决心很大,不是言辞能打动的。于是,司马光就辞去朝廷职务,来到洛阳关起门一心一意地去专心编写《资治通鉴》这本书。

司马光非常喜欢历史,他认为人们可以从历史中学到很多经验,这对现在的人生活和治理国家都是很有用的。他又认为以前的历史书太多,翻起来很麻烦,他就想把战国到五代的历史编成一本书。刚开始时,司马光把这本书取名为《通志》。

宋神宗的时候,司马光把写好的一部分拿给宋神宗看。宋神宗也很喜欢

历史，他看了后非常满意，就对司马光说："这部书中记载的历史，就好像是一面镜子，可以让执政的人对照借鉴、改正错误。这部书可以改成《资治通鉴》（"资治"就是能帮助皇帝治理天下的意思，"鉴"就是镜子）。"所以，这部书就改成了《资治通鉴》。

司马光来到洛阳以后，和他的助手收集和整理了大量资料，付出了巨大的劳动。十九年以后，司马光把《资治通鉴》写成了，这部书从公元前403年写到公元959年，整整记载了1362年的历史。司马光在《资治通鉴》中还写了很多评论，探讨了历代王朝兴衰的历史规律。

写完《资治通鉴》，司马光已经六十多岁了，身体很差，不但眼睛昏花，牙齿也脱落了。但是，人们并没有忘记他。宋哲宗即位后，又把他召回来当了宰相。司马光当上宰相后，决心废除王安石的所有新法。

一些大臣对司马光说："现在神宗皇帝刚刚去世，你就把这些新法都废除了，恐怕不太好吧？"

司马光却说道："王安石拟定的新法不好，执行起来只能是害民的事。再说，现在执政的是高太后，高太后是神宗皇帝的母亲，母亲更改儿子的主张，有什么不可以的呢？"

就这样，司马光把王安石的新法一股脑儿都废除了，他也实现了自己的政治主张。可是他年事已高，没过多久就病死了。

二 司 马

在《资治通鉴》以前，我国的历史书主要按人物来编写的，而《资治通鉴》却是按历史年代来编写的，在我国的史书中占据着非常重要的位置。司马光的贡献这么大，人们就把他和西汉的另一位大史学家司马迁连在一起，称他们两人为"二司马"。

苏东坡游赤壁

司马光当了宰相后，把很多宋神宗贬到外地去的大臣都召了回来，这其中，就有一个非常有名的文学家，他就是苏轼。

苏轼是眉州眉山（今四川眉山）人。二十岁的时候，苏轼和他的父亲一起到京城参加科举考试。

那次考试的主考官是大名鼎鼎的欧阳修，他在阅卷的时候，发现有一篇文章写得非常精彩。当时，考生的考卷是密封的，上面看不见名字。欧阳修心里想，能写出这么好文章的人会是谁呢？欧阳修本来想把这篇文章评为第一，但后来他认为作者可能是自己的学生曾巩，由于害怕别人说他偏袒自己的学生，他就把这篇文章评做了第二名。

等到发榜的那天，欧阳修才知道闹误会了，写这篇文章的不是曾巩，而是来自眉山的青年才子苏轼。

苏轼考上了以后，按照宋朝的惯例，他得去拜见主考老师欧阳修。欧阳修和苏轼谈了很长时间，越来越喜欢他。事后，欧阳修给朋友写信说："苏轼这种人才很难得，我应该赶快退避，让他能够出人头地。"

欧阳修的这番话传出去后，很多人都认为欧阳修只是随便说说而已。可等他们后来读了苏轼的文章，才知道欧阳修所言不虚。

考上进士后，苏轼就留在了京城做官。公元1069年，王安石开始变法，但有些地方官员在变法的过程中出现了偏差，让百姓受了苦。苏轼看到这种情况，就不支持王安石的变法。王安石知道后很生气，就把苏轼贬到外地去了。

在外地当官时，苏轼看到有的官员不为百姓办事，只顾自己横行霸道。苏轼很不满意，就写了一些诗，讥讽这些事。没想到有些人品低劣的官员却诬陷苏轼，说他在写诗攻击皇帝。宋神宗不知道事情的真相，下令把苏轼押到京城，关进了大牢。

后来，苏轼的弟弟费了很大的劲才把苏轼救出来。苏轼出来后，宋神宗让他去黄州（今湖北黄冈）当了一个小官。

苏轼到了黄州，宋神宗怕他还写攻击自己的诗，就让别人监视着他。苏轼名义上还当着官，实际上却和囚犯差不多，他的生活也很辛苦，有时候连饭也吃不上，只能靠朋友们帮助。

虽然很穷，可苏轼的意志还没有消沉。他自己开垦了一块土地，靠种地来收些粮食和蔬菜。苏轼还在东边山坡上盖了一间小屋，居住在那里。后来，苏轼干脆给自己起了一个别号，叫东坡居士，因此人们又称苏轼为苏东坡。

在黄州，苏轼也经常游山玩水，写作诗歌，抒发他郁闷的心情。有一天，苏轼听说黄州有个叫赤壁的古迹，很想去看，就在一个月色很好的晚上约了几个朋友去游玩。他们几个人乘着小船，欣赏着月色、江流、山景。清风缓缓吹来，

江面水波平静，苏轼诗兴大发，就举起酒杯和朋友们共饮，朗诵诗歌。

虽然这儿不是三国时赤壁大战的地方，但因为地名相同，苏轼还是不由想到了三国时周瑜和曹操在赤壁大战的故事。回到家中，苏轼就提笔写下了著名的《赤壁赋》。在赋中，苏轼详细描述了自己和朋友们游玩的情景。他还说，当年周瑜和曹操都是英雄，可惜现在江水还在，英雄们却都不在了。人生这么短，就应该化悲为喜，好好表现自己。

苏轼不光是诗和散文写得好，他的词也有很高的成就。在写完《赤壁赋》不久，他又写下了《念奴娇·赤壁怀古》的词：

大江东去，浪淘尽，千古风流人物。

故垒西边，人道是，三国周郎赤壁。

乱石穿空，惊涛拍岸，卷起千堆雪。

江山如画，一时多少豪杰。

遥想公瑾当年，小乔初嫁了，雄姿英发。

羽扇纶巾，谈笑间，樯橹灰飞烟灭。

故国神游，多情应笑我，早生华发。

人生如梦，一樽还酹江月。

这首词气势宏大，冠绝一时，传开以后，人们都争相传唱，说苏轼开创了宋词的新境界。

三苏

苏轼的父亲苏洵(xún)、弟弟苏辙(zhé)都是宋朝有名的文学家。苏洵没有考上进士，但他的文章写得很好。苏辙和苏轼是同一年考上进士的。人们看到他们父子三人都这么有才华，就把他们合在一起，称作"三苏"。另外，他们父子三人也都名列"唐宋八大家"(唐宋时期最著名的八位散文大家的合称)之中。

沈括与《梦溪笔谈》

宋仁宗以后,宋朝为了维持边境的和平状态,每年都要送给辽国和西夏很多钱财,可是辽国却并不满足,总想进一步侵占宋朝土地。公元 1057 年,辽国派大臣萧禧到东亦,希望和宋朝重新划定边界。

宋神宗派大臣与萧禧谈判,双方争论了好几天,却一直没有结果。萧禧坚持说黄嵬 (wéi) 山一带三十里的地方都应该是辽国的土地。宋神宗派来谈判的官员不了解边境的地形情况,明知萧禧提出的是无理要求,却找不到方法来反驳他。

宋神宗知道后,便将谈判官员召回,另派沈括去和萧禧谈判。

沈括是浙江钱塘(今浙江杭州)人,他不但办事认真细致,而且博学多才,精通地理。接到任务后,沈括就去枢密院把过去议定边界的问题都查清楚了,确定黄嵬山一带是宋朝国土后,又将其画成了地图,呈给了宋神宗。宋神宗一看非常高兴,马上让他带着地图去找萧禧谈判,有了地图作证,萧禧再也不敢狡辩,灰溜溜地回到了辽国。

没过多久,宋神宗又让沈括出使上京(今内蒙古巴林左旗南)。临行前,沈括就收集了许多地理资料,并且叫随从的官员都背得滚瓜烂熟。到了上京,辽国派出宰相杨益戒跟沈括谈判边境问题。

在谈判中,沈括不露声色,镇定自若。在一连几次的谈判中,对于辽人提出的问题,沈括和官员们都能讲得头头是道,无懈可击。双方共谈了 6 次,而沈括和官员们每次都占了上风。

杨益戒见说不服沈括,恼羞成怒地说:"这么一点点土地,你们都要斤斤计

较,难道不怕因为这些问题影响宋辽两国的友好吗?"

沈括毫不退让,据理力争:"宋辽两国的边境早就已经划定好了,你们不遵照以前的盟约执行,却要以武力来威胁我们,我看你们也讨不了什么好去。"

杨益戒怕和沈括闹翻了,对辽国也没有好处,只好放弃了这些无理要求。

沈括圆满地完成了任务。他和官员们从辽国回来,一路上每经过一个地方,他都要把那里的山川河流画成地图,还把那里的风土人情都调查得清清楚楚。回到东京以后,他把这些资料整理起来,献给宋神宗。宋神宗认为沈括立了功,拜他为翰林学士。沈括换了几个地方的官职,一面考察地理,一面修订地图,坚持了十二年,终于完成了当时最准确的一本全国地图——《天下郡国图》。

沈括在地理方面成绩斐然,他看到河北太行山山崖间有螺蚌壳和卵形的

沙石，就推断出这儿在很久以前是海滨；他看到一些从地下挖掘出来的类似芦笋、核桃、松树、鱼蟹等各种各样的小石块，便明确指出它们是古代动物和植物的化石……

除了地理学，沈括在天文学方面也很有成就。他在国家主管天文的司天监工作时，发现在那里工作的人，很多都不学无术，根本不知道如何使用观测仪器。于是他便研究改革了古代很多观察天象的仪器。为了观察北极星的位置，他一连三个月，每天夜里都用仪器观察，最终确定了北极星的准确位置。

不仅地理学和天文学，沈括在历法、音乐、医药、数学等方面，都取得了很多让人惊叹的成就。

沈括晚年的时候，闲居在润州（今江苏镇江）的梦溪园。在这儿，他把自己一生的研究都整理出来，写了一本著作《梦溪笔谈》。《梦溪笔谈》全书按内容分为故事、辩证、艺文、书画等十七门，涉及历史、考古、地理、医药、科学技术等众多领域，真的是包罗万象、应有尽有。

《梦溪笔谈》把宋朝时中国的科学技术水平都展现了出来，其中不少在当时世界科学领域中还处在领先的地位。因此，《梦溪笔谈》也被认为是中国科学技术史上具有里程碑式的书籍。沈括本人也被国外的科学家称为"中国科学史上的活坐标。"

求 实 的 沈 括

沈括有一次读书读到白居易的《大林寺桃花》："人间四月芳菲尽，山寺桃花始盛开"时，就想："为什么我们这里花都开败了，山上的桃花才开始盛开呢？"为了解开这个谜团，沈括约了几个朋友上山实地考察了一番，发现四月的山上很冷，凉风袭来，冻得人瑟瑟发抖，沈括茅塞顿开，原来山上的温度比山下要低很多，因此花季才来得比山下晚。

印刷术的发明

沈括在《梦溪笔谈》里,不仅记载了他自己的研究成果,而且还记录了当时劳动人民的许多发明创造,其中特别有名的就是毕昇的活字印刷术。

北宋之前,已经有了雕版印刷术。就是把木材分解成一块块木板,把要印的字写在薄纸上,反贴在木板上,再根据每个字的笔画,用刀一笔一笔雕刻成阳文,使每个字的笔画突出在板上。木板雕好以后,就可以印书了。

宋朝时,雕版印刷作坊非常多。有一个叫毕昇的人,他小的时候,家里很穷,为了生活,他父亲就把他送到钱塘地区一家印书作坊当了一名普通工人,人们都称他为"布衣毕昇"。

毕昇却为人朴实,踏实工作,练就了一套印刷的好手艺。干了几十年后,毕昇渐渐对雕版印刷术产生了不满。因为他发现这种印刷术有很多缺点,有时候只要整版上刻错了一个字,或者书印完了,这一个整版也就报废了。因此,毕昇萌发了改进雕版印刷方法的念头。

一次,毕昇受到制陶工匠的启发,把一个个单字刻在用泥巴做的四方块上,然后烧成一个个小瓷砖,但印的时间稍长一点,字块就松动了,这样印出来的字,有的看不清楚,有的甚至没有印出来。一些人还嘲笑毕昇,说他太狂妄自大了。

但毕昇没有退却,他又继续改进自己的印刷术。经过多次实验,一种新的印刷术——活字印刷术终于制成了,它把印刷效率一下子提高了十几倍。

毕昇的活字印刷术分为三道工序。首先，用胶泥做成一个个规格一致的四方长柱体，在一端刻上反体单字，字画突起的高度像铜钱边缘的厚度一样，用火烧硬，这就是一个一个的活字。这是活字印刷的基本工具。

然后在印书的时候，先预备好一块铁板，板上敷一层松脂、蜡和纸灰等合制的药品，铁板四周围放着一个铁框，在铁框内密密地排满活字，排满一框就成为一版，再将铁板放在火上烘烤，使铁板上的药品稍稍熔化。另外用一块平板在排好的活字上面压一压，把字压平，这样，平整的活字就牢固地固定在铁框里了。活字版排好后，只要在字上涂墨，就可以印刷了。

为了可以连续印刷，就用两块铁板，一版加刷，另一版排字，两版交替使用。印完以后，用火把药剂烤化，用手轻轻一抖，活字就可以从铁板上脱落下来，再放回原来木格里，以备下次再用。这就是最早发明的活字印刷术。这种胶泥活字称为泥活字。

毕昇的活字印刷术，不仅能够节约大量的人力物力，而且可以大大提高印刷的速度和质量，比雕版印刷优越多了。

毕昇虽然创造了活字印刷术这一重大发明，但却没有受到当时统治者和社会的重视，他死后，胶泥活字也没有保留下来。但是他发明的活字印刷技术，却流传下来了。活字印刷术的发明，也由此成为我国四大发明之一。印刷术又先后传到了朝鲜、日本、泰国、菲律宾、欧洲，渐渐普及到了全球。

金
刚
经

1900 年，有一个王道士在甘肃敦煌千佛洞发现了一册印刷的《金刚经》。这部《金刚经》长约一丈六尺，高约一尺，它是由七个印张粘连而成的卷子。卷子开头是一幅画，上面画着佛祖对他的弟子说法的神话故事，形象生动，后面是《金刚经》的全文。这本书是迄今为止发现的最早的雕版印刷书籍，它已有 1000 多年了。

蔡京专权

宋哲宗死后,他的弟弟赵佶(jí)做了皇帝,就是宋徽宗。刚开始,宋徽宗是很想有一番作为的,他也制定了一些措施,准备学宋神宗一样变法图强。可是到了后来,宋徽宗在宰相蔡京的影响下,却只想着写诗作画,再也不管国家的事了。

蔡京是兴化仙游(今属福建)人,宋徽宗刚即位的时候,他看到宋徽宗想变法,就说自己是王安石变法的支持者。他又知道宋徽宗喜欢书画,就找了些书画送给宋徽宗。就这样,蔡京取得了宋徽宗的信任,宋徽宗还让他当了宰相。

可是,蔡京并不是真心要变法的,他只是想当宰相捞权捞钱。他一上台后,就打起变法的旗帜,把朝廷里那些正直的官员赶了出去,把那些和他一样有野心的人拉到朝中来做官,一个朝廷被他搞得乌烟瘴气。

蔡京看到宋徽宗还比较节约,就对宋徽宗说:"现在天下太平,陛下您就应该多花钱,花的钱越多证明我们大宋越富强,这样别的国家才会害怕我们。如果不敢花钱,我们就没有面子。"

宋徽宗认为蔡京说得有道理,就再也不节约了。

宋徽宗喜欢工艺品,蔡京和另一个奸臣童贯就替他在苏州、杭州两个地方找了很多工匠,每天制作很多象牙、牛角、金银、竹藤的雕刻和织绣品,拿来给宋徽宗玩。

开始的时候,宋徽宗看到这些东西都很高兴,可慢慢地,他就觉得玩得有点腻了,他对蔡京说:"这些东西都没意思了,你能不能找一些奇花异石给我啊。"

　　蔡京一听,心想这还不好办。于是他马上对宋徽宗说:"您放心,我很快就会给您找到的。"宋徽宗满意地走了。

　　宋徽宗走了后,蔡京马上找到自己爪牙朱勔(miǎn),和他一商量,两人决定在苏州成立一个"应奉局"(应奉就是进献供给的意思),由朱勔专门负责搜罗奇花异石的事。

　　朱勔到了江南以后,到处寻找奇异的花木、山石,然后运到船上,以十船为一纲,通过水路送往京城。因此这些进贡给宋徽宗的花木、石头又叫做"花石纲"。

　　朱勔派出去搜罗花石纲的官员都很凶狠,只要他们听说谁家屋里有上好的花木石头,就带着兵士闯进那一家,用黄封条一贴,就表示这是皇帝的东西,要百姓认真保管,如果有一丁点损坏的话,那家人就要遭殃,轻的罚款,重的则要被抓进监牢。

　　如果百姓家的门太小了,妨碍他们搬运花石,他们就会把百姓的墙壁拆了。这些官员还乘机敲诈百姓的钱财,很多百姓都被他们逼得无家可归。

后来，朱勔搜集的花石纲越来越多，连船都不够用了。朱勔就把运粮船和商船征来，把船上的东西扔掉，装上花石。船只多了，就需要更多的船夫，朱勔就强行让百姓去当船夫，弄得百姓苦不堪言。有的百姓一看到这些船，就吓得四散逃跑，唯恐让朱勔抓去做了船夫。

宋徽宗看到京城里一下子多了这么多奇花异石，非常高兴，从此更加信任蔡京、朱勔等人，他哪里知道江南的百姓正生活在水深火热中呢。朱勔倚仗宋徽宗和蔡京的信任，在江南更是为所欲为，老百姓都把他的"应奉局"叫做"东南小朝廷"。

在老百姓生活这么艰难的时候，蔡京却在京城过着腐化堕落的日子。蔡京最爱吃两样东西，一种是鹌鹑肉汤，一种是蟹黄包子。他吃一顿鹌鹑肉汤，就要杀掉三百只鹌鹑。他请客吃饭，光是做蟹黄包子就要花掉 1300 贯钱。为蔡京做饭的也是一个庞大的队伍，其中竟有一位厨娘是专门管理切葱丝的。

蔡京和他的爪牙们这样胡作非为，宋徽宗却把他们看作是很能干的人。在宋徽宗的关照下，他的三个儿子都当了大官，他的一些随从、奴仆也跟着当了官。

后来，宋朝又出现了一些奸臣，像王黼（fǔ）、梁师成、高俅、何执中等人，老百姓对他们恨之入骨。京城的百姓们还编了一首歌谣来对他们进行讽刺，这首歌谣是："杀了茴蒿（童贯）割了菜（蔡京），吃了羔儿（高俅）荷叶（何执中）在！"

宋 朝 的 "纲"

宋朝的时候，陆运、水运的各种物资都编组成"纲"，"纲"就是指一个运输团队。如果是运马的，叫做"马纲"；如果是运米的，就叫"米饷纲"；那运花石的当然就叫"花石纲"了。花石一般是以十船为一纲，马则以五十匹为一纲，而米是一万石（石为古代的计量单位，一石为十斗）为一纲。

方腊起义

扫码查看
☑ 中华故事
☑ 典故趣闻
☑ 能力测评
☑ 学习工具

蔡京和朱勔在江南一带强行征收花石纲,让江南一带的老百姓吃尽了苦头。睦州青溪(今浙江淳县)这个地方,出产各种花石纲,朱勔就经常派人去那里,所以那里的百姓吃的苦最多。

睦州青溪有个叫方腊的人,他有个漆园,平时就靠这个漆园出产的漆养活自己,可朱勔来了后,方腊家也遭到了迫害,他因此恨透了这些官差。方腊又看到百姓们受尽了花石纲的苦,就决定召集农民造反。

公元1120年10月,方腊在自己的漆园中召集了几百人,商议造反的事。方腊激动地告诉大家:"一个国家就好比一个家庭,皇帝就好比是家长。如果一户人家,小辈们通过辛辛苦苦的劳动好不容易挣来一点钱财,却被他们的父兄胡乱浪费掉了,你们说应该不应该?"

大家听了方腊的话,都很激动,纷纷喊道:"不应该。"

方腊又说:"要是父兄再把这些财物送了人,这又应该不应该?"

这一次,大家更愤怒了,都举起手臂说:"哪有这个道理啊!"

方腊流着眼泪说道:"你们看看,我们现在的情况不就是这样吗?官府不但让我们交繁重的赋税,还把我们上缴的钱财拿去送给辽人和西夏人。我们辛辛苦苦做出来的东西就被他们这样糟蹋了,可我们却连饭都吃不饱,你们说我们该怎么办?"

大家知道方腊是个英雄,就都嚷道:"您拿个主意吧,我们都听您的。"

方腊见是时候了,就说:"我们应该起兵,把官府赶出我们的地盘。然后我们和宋朝划定界限,另外立一个新的国家。那时我们自己做出来的东西都可

以归我们自己，这不是很好吗？"

大家听了方腊的话，都觉得只有这个办法了。于是，方腊就打起杀朱勔的旗号，发动了起义。方腊做了起义军的统帅，他自己称作"圣公"，起义军头上都扎着黄色头巾，作为标志。

起义军占领了帮源洞，杀死了那儿的官吏，又烧了地主的庄园。附近的农民听说起义军为百姓办事，就纷纷参加起义军。很短的时间内，起义队伍就发展到了几万人。

清溪县令害怕起义军壮大起来，就派了兵来攻。方腊在帮源洞外设下埋伏，将官军打了个落花流水。接着，起义军又打败了几次宋军的进攻，占领了几十座县城，很快就打到了杭州。

杭州是江南的大城，又是朱勔在江南征收花石纲的一个重要基地，很多贪官污吏、富商和地主都在这儿。看到要攻打杭州，起义军群情激愤，纷纷表示一定要把杭州打下来。起义军很英勇，没过多久就把杭州打下来了，处死了那些贪官污吏、富商和地主，百姓们见了都拍手称快。

　　方腊起义的消息传到东京,宋徽宗吓晕了。他害怕把江南的地盘丢了,赶紧派出童贯带人来攻打起义军。

　　童贯来到江南,他知道起义是因为花石纲引起的,就把应奉局撤了,又把朱勔降了职。起义军得到这些消息,以为宋朝不会再为难他们,都觉得松了一口气。

　　可是这都是童贯耍的把戏,他表面上不再征收花石纲,私底下却将全国各地的兵马都调到了江南,准备打垮起义军。

　　由于宋朝的军队太多,起义军打不过,只好退回了青溪,在帮源洞坚持战斗。帮源洞是个山地,这儿易守难攻,官军一时难以取胜。可就在关键的时刻,起义队伍内部却出现了叛徒,给官军引路。官军到了帮源洞后,方腊没有防备,被俘虏了。没多久,方腊被押到了东京,他仍然大骂宋徽宗,说他祸国殃民。宋徽宗很生气,下令杀死了方腊。

　　方腊起义虽然失败了,但它给宋朝却造成了致命的打击。那时,宋朝还出现了一支起义军,那就是山东的宋江起义。宋江的起义军有三十六员战将,都是英雄好汉,他们在山东、河北一带打了很多胜仗。可惜后来还是让宋军给镇压下去了。我们现在看到的《水浒传》的故事,就是明朝的小说家施耐庵根据宋江起义的事迹写成的。

方 腊 鱼

　　我国有一道名菜,叫方腊鱼,就来源于方腊的故事。据说方腊领导起义军和官军作战,但官军太多,方腊就带领大家退到了齐云山。齐云山地势险要,官军攻不上去,就把山围住了,让方腊运不进去粮食。方腊很着急,突然看见山上的水池里有很多鱼虾,就让人抓了好多鱼虾向山下投去,官军一看以为方腊有很多粮食,就撤走了。后来百姓为了纪念方腊,就发明了这道菜。

头鱼宴

不仅宋朝在方腊、宋江起义的打击下衰落下来，而且东北的辽国也出现了问题，因为有个叫女真的部落这时老跟辽国作对。

女真部落居住在我国东北地区，在辽朝时，他们长期受到辽国统治者的压榨和欺凌，早就产生了反抗情绪，但辽国统治者却一点都没有察觉。

公元1112年春天，辽国的皇帝天祚 (zuò) 帝到东北春州混同江 (今松花江) 钓鱼，这儿是女真人居住的地方。天祚帝为了显示自己的权力，就命令女真人各个部落的酋长到春州朝见他。

辽国有个风俗，就是皇帝春天外出游猎捕获到第一条鱼后，都要举办一个盛大的宴会，这就是"头鱼宴"。这次等女真人各部落的酋长到齐以后，辽天祚帝也举办了头鱼宴，请女真酋长们喝酒。

辽天祚帝自以为辽国很强大，看不起这些女真人。他几杯酒下肚后，有了几分醉意，竟然要求女真酋长们给他跳舞。

酋长们不愿意跳舞，但又不敢得罪了天祚帝，都很不情愿地站起来，勉强跳了些女真人的民族舞蹈。

轮到一个年轻人时，他却一动也不动，只是两眼直直地瞪着天祚帝。他就是女真族完颜部酋长乌雅束的儿子，名叫阿骨打。天祚帝见阿骨打不动，就再三催促他，可阿骨打还是跟生了根似的，坚决不起来。别的酋长生怕阿骨打惹恼了天祚帝，也一再劝他，可阿骨打还是不动，只是说自己不会跳舞。

结果，这场宴会闹得不欢而散。天祚帝虽然在宴会上没有发作，但他心里却对阿骨打很不满。他对他的大臣萧奉先说："这个阿骨打在宴会上一点都不

害怕我，看样子不像是个一般人，我要尽快杀了他，免得他以后造成祸患。"

萧奉先认为阿骨打在头鱼宴上的表现还不构成杀头的罪名，就劝天祚帝说："阿骨打没犯什么大错，怎么能把他杀了呢？如果陛下一定要除掉他，恐怕会让女真人很不满。再说，就算阿骨打要造反，他小小一个女真部落又能怎么样呢？我们轻易就会把他们消灭，请您不要担心。"

天祚帝认为萧奉先说得很对，就不再提这件事了。其实，阿骨打并不是不会跳舞，他知道女真人对辽国不满意，一直都想自立门户。

过了一年，乌雅束逝世以后，阿骨打做了完颜部的酋长。这时，天祚帝派来使者质问完颜部，说："你们酋长死了，为什么不向辽国皇帝报丧？"

阿骨打看见辽人就生气，说："我们办丧事的时候，你们为什么都不来问候一下，这难道是我的过错吗？"从此，辽人和女真人的矛盾开始公开化。

不久，阿骨打就将各个部落的女真人召集在一起，正式誓师反抗辽国。天祚帝得到消息后，派人来攻打阿骨打，不料却让阿骨打打得大败。公元1115年正月初一，阿骨打在会宁（今黑龙江阿城西南）正式称帝，建立了金国，阿骨打就是金太祖。

到了秋天，阿骨打对手下人说："现在是秋天，我们的马都养肥了，正是向辽国用兵的好时候，大家愿意和我一起出征吗？"

金国的大臣们都很开心，纷纷要求跟随阿骨打攻打辽国。于是阿骨打亲自率领大军，占领了军事要地黄龙府（今吉林龙安）。辽天祚帝听到消息后大吃一惊，带着十万大军去对付阿骨打，双方在护步达冈展开激战。结果，辽国的军队又失败了，天祚帝一天一夜跑了几百里，才算保住了一条命。

辽天祚帝跑了，阿骨打打起辽国的城池来就轻松多了，他们很快就把辽国的首都打了下来，天祚帝只好逃到了外地。

公元1123年8月，阿骨打在一次行军途中病死了，他的弟弟完颜晟即位，就是金太宗。金太宗派大将去外地把天祚帝杀了，灭了辽国。

这时候，金国已经统一了北方，金太宗看见自己的兵力这么强大，于是又把进攻矛头转向了南边的宋朝。

女 真

在我国的史书中，有时又把"女真"写成"女直"，为什么这样写呢？有人说女真本来叫朱里真，古人错误地翻译成了"女真"，后来因为辽兴宗的名字叫耶律宗真，人们不敢说辽兴宗名字里这个"真"字，因此人们便把"女真"改成了"女直"。辽国灭亡以后，人们才又叫起"女真"来。

李纲守京城

金太宗派了两路军队攻打宋朝,一路由宗望率领,从平州(今河北卢龙)出发,一路由宗翰率领,从雁门关出发,两支军队约定在宋朝的京城东京会合。

宋朝在宋徽宗和蔡京等人的治理下,国家越来越乱,军队都无心打仗。金军来了后,很多宋军将领就投降了,宗望的这路军就这样大摇大摆地打到了离东京不远的地方。

听说金军来得这么快,宋徽宗害怕得不得了。他不想着去打金军,反而一心想着逃跑。

不久,宋徽宗就真的跑了。他在逃跑之前,把皇位传给了太子赵恒,赵恒就是宋钦宗。宋徽宗退位之后,就打出"烧香"的借口,跑到镇江避难去了。

宋钦宗即位之后,就想学宋真宗一样御驾亲征,来打退金军的进攻。可是,宋钦宗的宰相白时中和李邦彦两个人却是胆小鬼,他们害怕打不过金军,就劝宋钦宗也向南逃跑。其实,宋钦宗也不比他父亲宋徽宗强多少,听两个人这么一说,宋钦宗也打起了逃跑的主意。

关键时刻,一个叫李纲的大臣站了出来,他对宋钦宗说:"太上皇(宋徽宗)把帝位传给您,就是希望您能带领大家打退金军的啊。您现在怎么可以逃跑呢,您那样对得起太上皇对您的信任吗?"

白时中害怕李纲阻挠他们的逃跑计划,就说:"金军太强大了,我们守不住东京的,如果城破了,皇帝就可能让金人害死。"

李纲看着白时中就来气,他驳斥说:"在天下的城池中,没有比东京更坚固的了,而且文武百官都在东京,只要我们大家齐心协力,怎么会守不住呢?"

宋钦宗听了李纲的话,还是拿不定主意,就问:"你看谁能够负责守卫京城呢?"

李纲扫了一眼白时中和李邦彦说:"国家平时用高官厚禄养着官员,就是要官员为国家出力的。宰相的位置最高,所以应当让他们来担当守城的任务。"

白时中和李邦彦一听说李纲让自己守城,吓得脸色都变了,白时中气急败坏地说:"李大人真会说风凉话,我哪有守城的本事,不如你来担当这个重任吧。"

李纲心想,守城的任务当然不能交给想逃跑的他们,他刚才的话不过是想试试他们愿不愿意真的为国家出力。现在看来,他们是靠不住的,那只有自己扛起来了。

于是李纲对宋钦宗说:"如果陛下充分相信我的话,我愿意带兵守城,用生命报答国家。"

宋钦宗见李纲一心抗敌,就让他担任东京留守,掌管京城的军队。然后他

告诉李纲说："既然京城有你守着,我可以离开京城了吧。"

李纲知道宋钦宗不能走,就说："当年唐朝的安禄山发动叛乱时,唐玄宗逃往四川,结果把国家的一半都丢了,难道陛下也想学唐玄宗那样吗?请陛下考虑清楚。"

宋钦宗说不过李纲,只好留了下来。可白时中和李邦彦还不死心,他们等李纲一走,就又偷偷地劝宋钦宗逃跑。

第二天一早,李纲上朝的时候,发现宫外的都准备好了让宋钦宗逃跑的车辆。李纲很生气,就问给宋钦宗护驾的将军:"你们是愿意守城,还是愿意和陛下一起逃跑呢?"

将士们都说:"我们的家眷都在京城,我们愿意守卫京城,不想逃跑。"李纲大喜,带着几名禁军将领去见宋钦宗,说:"将士们都想守卫京城,陛下如果强迫他们逃跑,他们心中肯定会不满。万一路上逃回来,还有谁保护陛下呢?"

宋钦宗终于让李纲说服了,决心留在京城。李纲出来后,就向大家宣布:"皇上已经决定在京城驻守,以后谁要是提到逃走的事,就斩首示众。"将士们听了后非常激动,都欢呼起来。

金军来了后,李纲就带领将士们奋勇出击,他们打退了金军一次又一次的进攻。宗望看到东京防卫得这么好,只好放弃了攻打东京的计划。另一路的宗翰这时也在太原受到宋军的阻击,没有打到东京来。

少 数 民 族 的 姓 名

历史上在称呼一些少数民族的人物时,因为他们的名字比较长,因此有的时候就只称他们的名,而把他们的姓给省掉了,像故事中的宗望、宗翰其实就不姓宗,而是姓完颜,全名叫完颜宗望、完颜宗翰,完颜也是金国皇帝的姓。这种情况在金国、元朝和清朝的历史中出现得最多。

太学生请愿

宗望没打下汴京，就想学辽国一样通过议和来掠夺财富。宗望派人对宋钦宗说："你们要是愿意讲和的话，就要献上黄金五百万两、白银五千万两、绢五百万匹、牛马各一万匹，割让太原、中山、河间三座城池。另外，宋朝的皇帝要称金国皇帝为伯父，还要派宰相、亲王到金营去充当人质。"

宋钦宗害怕金人又来攻打东京，对这些苛刻的条件，他竟然想都没想就全部答应下来。为了凑够这些钱财，宋钦宗就传下命令，要大臣在东京搜刮百姓财物，准备运到金人营地，满足金兵的欲望。

李纲听到宋钦宗接受这些丧权辱国的条件，很是气愤，他对宋钦宗说："我们在各地的援军很快就要来了，那时候，我们军力壮大，再与金军交战，我们就可能取胜了。陛下只要拖一拖就行了。"

宋钦宗不听李纲的意见，他说："你只管带兵守城就是了，议和的事你就不要管了。"于是，宋钦宗在东京城搜刮了五十万两黄金、二千万两白银，派人交给了宗望。

没过多久，宋朝各地援军就赶到了东京城，这些军队有二十万人，而宗望的金军只有六万。宗望看到宋朝军队越来越多，非常害怕，就龟缩到了堡垒里。

李纲很高兴，他对宋钦宗说："现在我们的军队比敌人多得多，我们应该和敌人开战，把他们赶跑。"

宋军多了，宋钦宗的胆子也壮了，终于同意了李纲的请求。

援军有个将领，叫姚平仲。他很想自己一个人立功，一天晚上，他也不通知别人，就自己带着人马往宗望的营地杀来。可姚平仲哪里知道，他的部队里出现了叛徒，把他的行动告诉了宗望。宗望就设下埋伏，把姚平仲打得大败。

姚平仲失败后，宋钦宗又害怕起来。主张逃跑投降的宰相李邦彦又乘机说道："您看，这都怪李纲，要不是他坚持和金军开战，我们就不会失败。您应该把李纲的官职撤了。"

宋钦宗也不问青红皂白，就把李纲给撤了。消息一传出来，东京的军民都很愤怒，尤其是那些太学生，更是群情激昂。

有个叫陈东的太学生，他很爱国，恨透了李邦彦。东京让金人围住以后，他就向宋钦宗上过三次书，请求惩办那些卖国贼。虽然陈东不认识李纲，但他却很钦佩李纲。

这一次，陈东带着几百名学生，一起来到了皇宫宣德门外，向皇帝请愿，要求恢复李纲的官职。陈东说："罢免李纲的命令下来后，全城的人都痛哭流涕，都认为这是中了敌人的奸计啊。"

东京城的军人和老百姓听说太学生在请愿，也都聚集到了宣德门，人数达到了好几万。当时，李邦彦正好从宫里出来，人们一看到这个奸臣，就用瓦片和石块打他，吓得李邦彦面无血色，急忙逃回了宫里。

宋钦宗听说后，就派了个人对大家说："李纲用兵失败，朝廷才撤了他的职。等金人退回去后，朝廷就会恢复李纲的职务。"

群众知道朝廷还想给金人送钱，哪儿肯答应，纷纷说："这样不行，不立即重用李大人，我们绝不会罢休。"说着，大家都冲向了朝堂，用力击打朝堂门前的鼓，把鼓都打破了。

宋钦宗见事情闹得这么大，只好派了些太监去找李纲。有个太监长得很胖，走路很慢。大伙儿一看就斥责他说："皇上让你传旨，你为什么还要拖延，你是不是和那些奸臣一样！"还没等太监辩解，大伙儿又冲上去打太监，很快就把太监打死了。

宋钦宗没有办法，只好又派人去找李纲。人们在路上看到李纲，都高兴得欢呼起来。直到宋钦宗宣布恢复李纲的官职后，人们才陆陆续续地散去。

太学生的请愿最终取得了胜利。李纲上任后，没有辜负大家的期望，他积极整顿军队，下令英勇杀敌的士兵都可以得到奖赏。宗望因为前面没打下东京，一直有点害怕李纲，他见宋朝又用了李纲，而且宋朝的将士也是士气高涨，心想肯定讨不了好去，于是他也不等宋钦宗把钱财都赔给他，就夹着尾巴灰溜溜地退回了金国。

太学是我国古代的一种大学，是全国最高等的学校，早在西周的时候就有了，太学生就是在太学读书的生员。宋朝的时候，国家重文轻武，文化很发达，所以宋朝的太学生也很多。宋徽宗的时候，太学生达到了三千八百人，国家的官员多数都从太学生中选出来。这个时候也是宋朝太学最兴盛的时候。

靖康之耻

金兵退走以后,宋钦宗和那些投降派大臣以为这下安稳了,就把宋徽宗接回了东京。宋徽宗回来后,他和宋钦宗继续过着花天酒地的生活。

李纲看到这种情况,就劝宋钦宗说:"敌人虽然退走了,可我们还是要加紧训练军队,要不然敌人再来的时候,我们就麻烦了。"

宋钦宗根本不听李纲的话,老百姓知道后,气愤地编了句歌谣,说宋朝政府是"城门闭,言路开;城门开,言路闭。"就是说宋钦宗遇到危险的时候,才会听忠臣和百姓的话;没有危险的时候,就不听忠臣和百姓的话了。

宋钦宗不想听李纲在京城唠叨,就给了他一些军队让他去太原和宗翰的金军作战。李纲没有办法,只好带着部队走了。

李纲想把将士们分成三路,可那些将士听了奸臣的话,不接受李纲的指挥,结果三路军队都打了败仗。

军队失败了,李纲只好向宋钦宗辞职。宋钦宗巴不得李纲走,就批准了他的请求,把李纲贬到南方去了。

那时候,金军最害怕的就是李纲了。他们想,有李纲在东京,他们就没办法打败宋朝。现在李纲被调走了,他们就有了希望。于是,金太宗又命令宗望和宗翰进攻东京。

宗翰一直在太原和宋军交战,他把太原城围了很久,城里的将士断了粮食,兵士就杀牛马、采野菜充饥。后来,连牛马和野菜都吃光了,宋朝的将士没有了战斗力,终于让宗翰把太原城打了下来。

太原丢了以后,两路金军继续南下。各个地方的援军知道后,主动要求带兵去前线。可是宋钦宗却想,要是给金兵钱财的话,他们就会退回去。因此,他下令援军都退回来。

不久,金军就渡过了黄河,宋钦宗吓坏了。那些投降派大臣又成天在他面前说,现在只有向金人求和才行。宋钦宗听了投降派大臣的话,就派他的弟弟康王赵构去金营和谈。

赵构走到磁州(今河北磁县),那里的州官宗泽告诉赵构说:"您就是去了金营也没用,他们说和谈都是骗人的,您去了他们就会把您扣留下来。"

赵构害怕被金人扣住,就不去金营了,在相州(今河南安阳)停了下来。

金人没等到宋朝议和的人,就加紧攻打东京。东京城中有个叫郭京的骗子,说自己只要使点法术就可以让金军退兵。宋钦宗竟然相信了郭京的谎话,把军队交给他指挥。金人来攻的时候,郭京就装神弄鬼,还让人把城门打开。

　　本来,东京城是很坚固的,金人很难打得进来。这下可好了,郭京把城门打开了。金人哪里管什么法术,一窝蜂地涌了进来,把郭京打得大败,东京城也陷落了。

　　宋钦宗心想,这下完了。他赶紧亲自带了些人去金营求和。可是,宋钦宗一到金营,就被金人扣了下来,让他把河东、河北的土地都割让给金国,还要给金国人送来大量金银。宋钦宗无奈,只好答应了金人的无理要求,金人才把宋钦宗放了回来。

　　宋钦宗回来后,就让人在东京城搜刮钱财,可他一时半会凑不够金人要的钱。金人很生气,就又把宋钦宗叫了回来,把他扣留了,说要等他把钱财交够了才会放人。

　　宋钦宗只好派人继续在京城搜刮,金人嫌宋钦宗动作太慢,就把宋徽宗也扣留了,还捉拿了很多宋朝的后妃、皇子、公主、大臣、宦官等,共有三千人。

　　金人怕自己待在东京,引起宋朝百姓的反感,他们会起来造反。因此金国就选了一个叫张邦昌的人来当傀儡皇帝,受他们的控制。然后,金人把宋徽宗、宋钦宗还有他们俘获的三千人,以及大量财宝,都押解回了金国。这样,从赵匡胤称帝开始持续了一百多年的北宋王朝就灭亡了。

　　金人带走宋徽宗、宋钦宗的时候,宋朝的年号是"靖康",所以这件事又叫做"靖康之耻"、"靖康之祸"或者"靖康之变"。

　　傀儡原来是指被人操纵的木偶人,后来人们又用它来比喻被人操纵、不能自主的人和组织。我国历史上有很多让强国和有势力的大臣扶持起来的皇帝,这样的皇帝就叫傀儡皇帝。金国为了方便统治中原,在汉族聚居的地方一共立过两个傀儡皇帝,故事中的张邦昌是一个,另外还有一个叫刘豫的,是后来立的。

南宋立国

　　北宋灭亡的时候，康王赵构还在相州。在这之前，宋钦宗知道赵构没有去金营，就封他为天下兵马大元帅，让他统领全国的军队。

　　赵构虽然当了大元帅，可他却不想着带兵打仗，只想着自己过好日子。后来，金人立了张邦昌做傀儡皇帝，人们都不承认他。可现在全国还有很多宋朝的官员，却没有皇帝来管理，怎么办呢？人们一想，有了，可以让赵构来当皇帝。

　　于是，群臣们都劝赵构，说："您看现在，皇帝的家族中只有您了，您必须来当新皇帝。"

　　赵构也想当皇帝，听大臣们这么一说，就答应了。他渡过长江，跑到南京，另外建了一个宋朝。这就是南宋，赵构就是宋高宗。

　　南宋建立后，傀儡皇帝张邦昌不得不宣布退位。宋高宗知道南宋刚刚建立，只有李纲这样的人才能稳定民心，他就想把李纲召回来，任为宰相。

　　李纲知道宗泽是个能干的将领，就对宋高宗说："我们要想打败金人，就要重用宗泽。"这次，宋高宗听了李纲的话，把宗泽任为东京留守。

　　投降派官员看到李纲在宋高宗面前坚持

抗战，他们就不高兴，偷偷地对宋高宗说："李纲的名气很大，人们都很崇拜他。现在老百姓都不知道有陛下，只知道有李纲。如果李纲联络外面的将领造反，就会对陛下不利。"宋高宗知道李纲不是那样的人，没听投降派官员的话。

有人劝宋高宗到南方视察。李纲知道这又是投降派官员搞的鬼，就说："如果陛下真的想去视察，应该去关中，陛下去了那儿，一定会鼓舞军民的士气。"可是，宋高宗很害怕遇到金国人，他最后竟然听从了投降派官员黄潜善、汪伯彦的建议，去了扬州。

有一天，李纲听说黄潜善和汪伯彦又要向金国送礼，他很生气，当面斥责了他们。李纲劝宋高宗："黄潜善和汪伯彦向敌人送礼，就表示我们害怕他们。现在的这种情况，陛下您应该拿出勇气来，不要老是想着和敌人和谈。"

汪伯彦狡辩说："现在'二圣'(指宋徽宗和宋钦宗)还在金国人手里，如果不给金国人送礼，金人就会害死他们。"

李纲气愤地说："你们这么胆小，只会让金人的态度越来越强横，他们还会对二圣好吗？只有我们强大了，把金人打败，才能把二圣救回来。"

宋高宗心想，二圣回来了他就当不成皇帝了。因此他不同意李纲的要求。黄潜善和汪伯彦又在后面说李纲的坏话，后来宋高宗就撤了他的宰相，李纲仅仅做了七十七天的宰相。李纲被罢免以后，百姓对宋高宗非常失望。从此，南宋也变得软弱无能了。

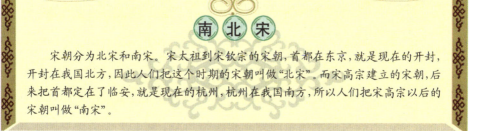

南北宋

宋朝分为北宋和南宋。宋太祖到宋钦宗的宋朝，首都在东京，就是现在的开封，开封在我国北方，因此人们把这个时期的宋朝叫做"北宋"。而宋高宗建立的宋朝，后来把首都定在了临安，就是现在的杭州，杭州在我国南方，所以人们把宋高宗以后的宋朝叫做"南宋"。

宗泽的故事

宋高宗任用宗泽为东京留守,宗泽是个坚决抗金的将领,在军民中有很高的威望。他一到东京,发现东京社会秩序很混乱,就下令说:"凡是抢劫百姓财物的,都要按军法严办。"有的人不听宗泽的话,宗泽就把他们杀了,这样一来,东京的局势慢慢稳定了下来。

当时,北方被金国占领的地方,出现了很多起义军,他们经常打击金国人。宗泽就想联合起这些起义军,共同对付金兵。

当时,有个叫王善的起义军首领,很会带兵,他手下有七十万人。看到自己的人马这么多,王善就想把东京打下来,作为自己的根据地。宗泽听到消息后,心想不能让王善这么做。为了让王善相信自己,他就一个人来到了王善的军营。

宗泽对王善说:"现在正是国家危难的时候,如果多有几个像您这样的英雄,大家联合起来,共同对抗敌人。只有这样,我们才有打败金人的机会啊!"

王善让宗泽说得流下了感动的眼泪,立即说道:"宗将军您威名盖世,我们都很敬佩。我以前不知道利害,现在知道了,我愿意听您的指挥。"

在宗泽的劝说下,其他一些起义军将领也都同意加入宗泽的队伍。宗泽的人马越聚越多,达到了一百八十万。

宗泽还在东京城外设置了二十四个据点,派岳飞等将领驻守,防备金兵的进攻。这二十四个据点在东京城外的黄河岸边排列在一起,就好像鱼鳞一样,人们形象地称它们为"连珠寨"。凭着这些人马和据点,宗泽做好了和金人打大战的准备。宗泽希望宋高宗回到东京主持抗战,就上了很多奏章向宋高宗请求。

可是，宋高宗根本不想和金人打仗，只想着打击朝中抗金派的力量，往南逃跑，他根本不理宗泽的要求，反而自己跑到了扬州。

这年冬天，金太宗派出大将兀术（zhú）进攻东京。宗泽知道后，派出几千精兵绕到兀术军队后面，埋伏起来。等开战的时候，宗泽就和伏兵前后夹击，把兀术打得大败。从此以后金兵对宗泽非常害怕，称他为"宗爷爷"。

又有一次，宗泽派郭振民、李景良带人去郑州前线。没想到，郭振民、李景良在路上遇到了金将宗翰的部队，被打败了，李景良被斩首，郭振民投降了金人。

郭振民奉宗翰的命令回到东京，劝宗泽投降。宗泽一听就来气，大骂郭振民："你如果在战场上战死，还能说是个忠义的人。可现在你却不知羞耻地投

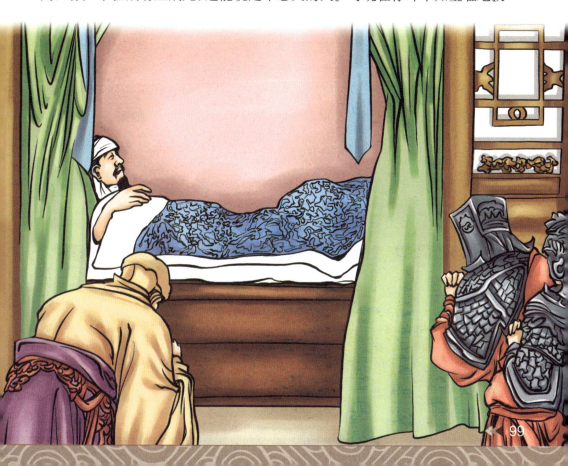

降了金国人，你怎么对得起大家，还有什么脸来见我。像你这样的人，留着还有什么用？"说完，宗泽就让人处死了郭振民，为大家出了一口气。

宗泽杀了郭振民，表示了自己抗金的决心。看到东京稳固了，宗泽又向宋高宗上书，请他把都城迁到东京来。

可是，黄潜善和汪伯彦却笑宗泽是个狂人，把这些奏章都扣了下来。宋高宗也很留恋扬州的繁华，不肯回到东京受苦。他还怀疑宗泽，派人去监视他。

这时候，宗泽已经是七十岁的老人了，他看到宋高宗不肯答应他的请求，又气又急，终于生起病来。一些部将去看他，他病得已经很重了，只好睁开眼睛吃力地说道："我得了重病，是因为不能迎回二圣、洗雪国耻的原因啊。你们不要担心我，只要以后努力杀敌，收复山河就够了。"

大家听了，都流下了眼泪。

宗泽又念起杜甫的一句诗："出师未捷身先死，长使英雄泪满襟。"接着，又用尽力气，连呼"过河！过河！过河！"才闭上了眼睛。

当时，东京的人们听说宗泽死了，没有一个不伤心流泪的。后来，宋高宗派了一个叫杜充的人来当东京留守，杜充是个没能力的人，他到了开封后，就把宗泽的那一套都给废除了。金人一看，这下打起宋朝来容易了。于是金人全力进攻，中原地区很快又落在了金国人手里。

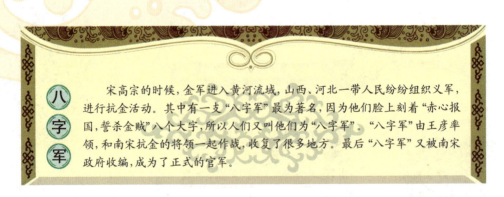

八字军

宋高宗的时候，金军进入黄河流域，山西、河北一带人民纷纷组织义军，进行抗金活动。其中有一支"八字军"最为著名，因为他们脸上刻着"赤心报国，誓杀金贼"八个大字，所以人们又叫他们为"八字军"。"八字军"由王彦率领，和南宋抗金的将领一起作战，收复了很多地方。最后"八字军"又被南宋政府收编，成为了正式的官军。

苗刘兵变

公元 1127 年，金军南下进攻南宋，宋高宗不顾大臣们的反对，在不做任何抵抗的情况下，一直逃过了长江。很多南宋的将领也跟着他往南边逃跑。

有个叫王渊的将军爱财如命，他在逃跑的时候，带了很多钱财，对他手下的将士却不管不顾，结果他的好几万兵马都落到了金军手里。本来，犯下这样的错误是要受到严惩的，可宋高宗还是照样信任他。这就引起了另外两个大将苗傅和刘正彦的不满，他们认为宋高宗这样做很不公平。

经过商议，苗傅和刘正彦秘密杀掉了王渊，把他的头挂在长枪上，带着兵往宋高宗所在的"皇宫"奔来。

宋高宗得到消息后，以为苗傅和刘正彦要杀自己，急得手足无措，正好杭州知州康允之赶来，把宋高宗请到了城楼上躲避，其他很多官员也赶到了宋高宗身边。

苗傅和刘正彦来到城楼下，宋高宗战战兢兢地问他们："你们来干什么？"

苗傅大声回答说："陛下您赏罚不均，王渊什么功都没有，您还让他做大官，我们也立了不少功，为什么不给我们升官呢？"

宋高宗心想他们不就是想要大官吗，先稳住他们再说。因此宋高宗当即封苗傅为御营都统制，刘正彦为副都统制，然后对他们说："这下你们可以回去了吗？"

苗傅和刘正彦还在犹豫，他们身后的士兵却大声闹了起来，认为这样安排还是不公平。

苗傅和刘正彦狠了狠心，就对宋高宗说："陛下您不该当皇帝，如果钦宗皇

帝回来了,您会怎么办?"

宋高宗听说后非常害怕,担心自己的皇位保不住。因此他连忙派大臣朱胜非下楼去劝苗傅。苗傅说要请皇太后来听政,还要与金人商量把宋徽宗和宋钦宗接回来的事。

宋高宗是个胆小鬼,听了苗傅的话后,马上答应了下来。苗傅和刘正彦又得寸进尺,对宋高宗说:"现在您应该立皇太子,您可以退位当太上皇。"大臣们见苗傅和刘正彦的要求越来越过分,宋高宗又不知道如何是好,只好把皇太后请了出来。

当时,天气寒冷,寒风吹得呼呼呼的,刮在脸上就像刀割一样。宋高宗只有一张竹椅可以坐。等皇太后来了以后,宋高宗只得站起来,让皇太后坐椅子,他站在椅旁,冻得瑟瑟发抖。

苗傅和刘正彦见皇太后来了,赶忙下拜。皇太后对他们说:"以后皇上一定公平办事,这件事就这么结束吧。"

　　苗傅不同意，坚持要宋高宗立皇太子。他还威胁说："如果现在不能决定下来，我的士兵就不答应了。"说完，士兵们都举起的武器大声呐喊。

　　宋高宗没有办法，和皇太后商量后表示自己愿意把皇位传给皇太子，然后让人打开城门，放二人进来。当天，苗傅和刘正彦就把宋高宗软禁了起来。

　　接着，苗傅和刘正彦就把三岁的皇太子赵旉(fū)推上了帝位，让皇太后听政。实际上，杭州城内的大小事情都是苗傅和刘正彦在做主。

　　二人用武力胁迫宋高宗退位，名不正言不顺，引起了在外地的很多将领的不满。大将韩世忠、张俊等纷纷起兵，要讨伐二人。

　　苗傅和刘正彦打不过韩世忠、张俊，便冲进朝堂，让宋高宗给他们立个铁契，然后二人带着铁契就出门跑了。

　　苗傅和刘正彦以为有了宋高宗的铁契 (古代皇帝赐给大臣的一种可以享用特权的凭证)，韩世忠、张俊就不敢攻打他们了。他们不知道犯的是"大逆不道"的罪名，有铁契也不顶用，韩世忠、张俊依旧追着他们打。

　　没跑多远，苗傅和刘正彦又发生了矛盾，正好给了追兵可乘之机，冲上来抓住了二人，然后送到杭州斩首。这就是历史上有名的"苗刘兵变"。

　　"苗刘兵变"最终以苗傅和刘正彦的失败告终，前后不到一个月，之后宋高宗又当上了皇帝，又过上了那种金军一来就逃跑的生活。

十 恶 之 罪

　　古代有十条大罪，称为"十恶"，犯了十恶中的任何一条罪名，就无论如何也得不到赦免。这十条大罪的第一条就是谋反，指想要推翻当时的王朝。苗傅和刘正彦犯的正是这条大罪，所以他们就是有铁契也不行。"十恶"中的其他大罪还有毁坏皇宫、背叛朝廷、殴打长辈、不孝敬父母、杀戮无辜、冒犯皇帝、谋杀亲属等。

女词人李清照

金人的残暴掠夺和宋朝政府的昏庸腐朽，给老百姓带来了深重的灾难，这让李清照也受到了影响。

李清照是历城（今山东济南）人，她的父亲叫李格非，是个文学家，在宋徽宗的时候还当过官。李清照从小就在父亲的教导下，十分喜爱文学，尤其喜欢做词，她写的词都有很高的成就。

李清照十八岁的时候和赵明诚结了婚。赵明诚也是个读书人，夫妻俩志同道合，除了都爱写诗词外，他们还有个共同的爱好，就是收藏刻在古代铜器和石碑上的文字书画，这些文物都很珍贵。

那时候，李清照夫妇俩也不富裕，但他们每到初一和十五的时候，都会攒些钱去大相国寺。

大相国寺是东京最大的寺庙，那儿常常举行庙会。庙会上摆满了各种商品。李清照夫妇去大相国寺，就是想看看庙会上有没有他们喜欢的碑文字画。

就这样，李清照夫妇经过长年积累，家里收藏了很多文物。李清照特别珍惜这些文物，只要发现了一点点灰尘，就会把它们擦干净。

虽然李清照夫妇过着这种简

单的生活,可他们却很幸福。但是,这种幸福很快就让金人破坏了。

金兵攻破东京的时候,李清照夫妇正在外地,为了躲避金人,他们就选了些最名贵的碑文字画带到了建康。那些他们没有带走的,后来都被金军烧掉了。

到了建康,宋高宗让赵明诚去湖州当官。分别的时候,李清照问丈夫:"你这一走,要是金人攻来了,我该怎么办?"

赵明诚回答说:"你看着办吧。实在不行,就把该丢的东西都丢了,但是有几件珍贵的文物,你一定要收藏好,就像对待自己的生命一样。"

李清照含着泪点了点头。可她没想到的是,赵明诚去了没多久,就病死了。

丈夫的离去让李清照非常伤心,无奈之下,她只好把这些文物带到了洪州(今江西南昌)。可是不久,金兵又打到了洪州,文物又丢失了。

为了逃难,李清照到处奔走。为了生活,她嫁给了一个叫张汝州的人,这个张汝州是个伪君子,他对李清照一点都不好,有时还出手打她。李清照无法忍受,她后来发现张汝州考试时作过弊,就向朝廷告他。

可是在古代,妻子告发丈夫的话,妻子也要被抓的。李清照管不了那么多了,她宁可自己进监牢,也不要和张汝州在一起。

李清照入狱九天后,她的家人买通了狱卒,才把她救出来,但从此以后,李清照的生活更加困苦了。她看到自己生活悲惨、国家弱小,就把这些写成了很多词,用来表达她的爱国精神和不幸遭遇。

宋 词

　　词是诗歌的一种,每首词都可以编成歌曲。宋朝的时候,是我国的词文化最发达的时期。宋朝的词派又分为"婉约派"和"豪放派",婉约派的词清新委婉、感情真挚,主要写儿女风情,李清照就是"婉约派"的代表人物。"豪放派"的词感情充沛、大气有力,主要写军情国事,代表人物是苏东坡。

钟相、杨幺起义

南宋王朝对外向金国屈辱求和，对内却严厉地盘剥人民群众，老百姓苦不堪言。公元 1130 年，金兵来到潭州（今湖南长沙），潭州百姓的财物被金兵抢了个底朝天。金兵撤走后，大家都以为这下安宁了。谁知，一个让金兵打败的宋朝团练使孔彦舟来到这里后，居然趁火打劫，向百姓们催粮逼租。

孔彦舟的做法使当地百姓无法忍受，于是在钟相带领下举行了起义。在一次群众聚会上，钟相对百姓们说："现在朝廷把人分成贵贱贫富，这不是好办法。如果加入我的组织——乡社，我就会让大家不分贫富贵贱，人人平等。"百姓们听钟相这样说，都非常高兴，纷纷要求加入乡社。

在孔彦舟激起的民愤越来越大时，钟相趁机率众起义，保卫家乡。他自称楚王，建立政权。周围数百里的农民听说后，参加起义军的不计其数。起义军攻占城池，焚烧官府，把缴来的豪强大户的财产都平均分给起义军，不到一个月，起义军就占领了洞庭湖周围十九个县。

起义军的革命行动和浩大声势让南宋朝廷非常恐慌，便让孔彦舟镇压起义军。孔彦舟屡遭失败之后，想出一条毒计，他派出一批奸细，假扮成贫民，混进了起义军的队伍。

公元 1130 年 3 月，孔彦舟攻击起义军，他派进来的奸细也趁机捣乱，起义军内外受敌，打了败仗，钟相和他的儿子钟子昂都在这场战斗中被捕，后来又被孔彦舟杀害。

钟相牺牲后，起义军又推举杨幺为首领，继续和官军抗争。杨幺很有办法，他领导起义军在洞庭湖沿岸建立营寨，又在湖里和各个港汊上集中了大批船只,平时生产,战时打仗,使起义军得到迅速发展。没过多久,杨幺就重建了楚政权,他称自己为"大圣天王"。

南宋王朝不甘心失败,又派程昌寓镇压起义军。程昌寓根本不是起义军的对手,很快就在杨幺手下打了个大败仗,连他造的船只也落到了起义军手里。

宋高宗把起义军看成心腹大患。不久,他又派出王躞(xiè)带兵六万进攻。王躞用小船向起义军发动进攻。起义军就用杨幺改进的车船迎敌,车船又高又大,王躞的小船一碰就碎了。没有碰着的,杨幺就指挥车船用拍竿瞄准敌船发出巨石,还用弓箭向敌船射去,敌船在起义军强大的攻势面前,被打得叫苦连天。

有一天,洞庭湖的江边上,忽然出现了几只大车船,船上既不见旗帜枪械,也不见一个兵士。官军见了,以为是起义军打了败仗,把这些船放弃了。他们便争先恐后地拉起纤绳,把这些"空船"往上游拉去。他们根本没料到这是起义军的计策。

刚刚拉到湖面宽广的地方,几只"空船"里就发出一声声呐喊声,很多起义军从船里钻了出来。起义军驾着车船,横冲直撞,把官军的几百只小船全部撞碎沉没在水里,两名将领落水丢了性命。其余留在沙滩上的官军步兵也遭到起义军攻杀。这一天,起义军就消灭了官军一万人,缴获了大批武器盔甲。

王躞这时候还在等官军的消息。等啊等啊,等来的却是一百多个穿着新衣服的起义军。起义军们一面走,一面还打着鼓,吹着笛子,还有人用竹竿挑着一卷文书,一副兴高采烈的样子。

王躞一看,以为是起义军送降书来了,非常高

兴，连忙命令士兵将这些起义军迎进来。等他把文书打开一看，才发现不对劲，原来里面全是被起义军缴获的官府印章。

王躞鼻子都气歪了，领头的起义军哈哈大笑，说："你们的一万水军，前天晚上已经被我们杀得精光，衣甲、刀枪、旗号、钱粮，都是咱们的啦！"说着，都乐呵呵地又吹笛打鼓走了。王躞手下没多少人，只气得干瞪眼。

金朝扶植的伪齐政权，听说起义军和宋朝作对，又取得了很多胜利，便派人带着文书，请杨幺加入伪齐政权。杨幺知道伪齐政权是金朝的走狗，坚决不同意，还把伪齐派来的人都用酒灌醉后杀死了。

公元1135年，宋高宗把宰相张浚派来亲自督战，又从抗金前线抽回抗金的岳飞军攻打起义军。官军把起义军包围起来，不让他们与外界接触，起义军的生产生活受到很大影响。官军还在夏季时对起义军发动进攻，把起义军自己种的粮食都毁坏了。

这样，起义军的处境越来越危险。官军又趁机唆使起义军的重要将领叛变，不久，杨幺大寨被官军攻破，杨幺力战后被俘，后来又被官军杀害。

杨幺死后，他的部下又继续坚持了一年多才最后失败，这次起义前后共坚持了六年时间。它以洞庭湖地区为根据地，坚持斗争，为后来的农民起义提供了丰富的经验。

伪齐皇帝刘豫

故事中的伪齐是金国在山东扶植的一个傀儡政权，皇帝叫刘豫，他是靠给金国官员送钱才捞到这个皇位的。刘豫当上皇帝后，为了搜刮财产，不仅增加百姓的赋税，还公开盗墓。他还把那些给他提建议的人都杀害了。刘豫的这些做法连金国也感到很不满意。到了公元1137年，金国就把伪齐废掉了，没过多久，刘豫也病死了。

黄天荡大捷

金军占领了中原地区以后，又向南进攻，宋高宗很害怕，金人一来，他就只顾着逃跑，一直跑到了海上。后来，金将兀术想到长江岸边还留着很多宋军，生怕他们从背后攻打自己，只好抢了些财宝撤退。宋高宗这才回到了陆地。

兀术带着金军退到镇江附近时，宋朝大将韩世忠已经占领了镇江。韩世忠是个主张抗金的将领，他知道金人要从镇江过，就事先拦在了这里。韩世忠在江面上准备了一百多艘大船，用来阻挡金军。

兀术不知道韩世忠的厉害，没把韩世忠放在眼里。他派人到韩世忠营中下战书，约定时间作战。

韩世忠接到战书后，心想，兀术有十万人，自己只有八千人，要打赢这场仗，就不能和金军硬拼，一定要用智谋取胜。想来想去，韩世忠终于想到一条妙计。

韩世忠告诉众将说："这一带的地势，金山（当时是镇江江面上的一个小岛）龙王庙最为险要。敌人肯定会去那里观察我们的情况。我派些军队去那里设下埋伏，必定能打败金军。"大家都觉得韩世忠的主意很好，纷纷要求参战。

果然不出韩世忠所料，没过多久，兀术就带着几个金将来到龙王庙。埋伏的宋军等他们靠近时，就擂响战鼓冲了出来。兀术和几个金将一看，大惊失色，立即转身往外跑。宋兵追赶上去，抓住了两位金将。后来宋兵审问这两个人，才知道逃走的三个人中竟然有兀术，宋兵听了，都感到很可惜。

到了决战的那天，双方在江面上排好阵势，展开了一场血战。韩世忠的夫人梁红玉是个有见识，懂武艺的人，她很支持韩世忠抗金的主张。这一天，梁红玉登上金山妙高台，给宋军击鼓助威。

韩世忠也穿上铠甲，奋勇向金军冲去。宋军看到主将这么英勇，主将夫人也给自己打气，都士气高涨，个个争先。金军虽然人数很多，可却很疲劳，哪里经得住宋军的奋勇冲击，一仗下来，金军被打得七零八落，吃了个大败仗。

兀术这才知道了韩世忠的厉害，他就想和韩世忠谈判，情愿送一些钱财和五百匹宝马给韩世忠，希望韩世忠放自己过江。韩世忠恨透了金人，哪里肯答应，就说："我和你们水火不容，我是不会要你们的钱财和宝马的。只要你们把"二圣"放回来，我们才会放你们过江。"

兀术见谈判也没有用，只好带着士兵退到了黄天荡（今江苏南京市东北）。

可他哪里知道,黄天荡是个死巷,只有进的路,没有出的路,除非原路返回。可是原路返回的话,韩世忠又把退路堵上了。

兀术回过头来和韩世忠交战,又被韩世忠打败了。兀术非常焦急,就悬赏重金,希望有老百姓能给他指一条出黄天荡的路。

没过多久,竟然真的有个百姓跑来告诉兀术说:"从这里往北走十多里,就有个老河道,如果把那条河道挖通,就可以出去了。"

兀术非常高兴,连忙派人去找河道。找到后,让士兵们赶紧挖,很快就挖通了。可是,兀术刚刚要逃出去时,又碰上了宋军岳飞的部队,岳飞是员勇将,他打得金兵狼狈而逃,又退回了黄天荡。

兀术为了逃出去,又悬赏重金向百姓寻找办法。结果,又有人来告诉他说,可以用火攻的办法打败宋军。

过了几天,天气很好,江面一片平静。兀术偷偷地带着自己的军队乘小船出了黄天荡。韩世忠带着大船来拦截,可是江面上没有浪,大船行驶缓慢,赶不上小船。韩世忠非常焦急,却又没有办法。正在这时,金兵又射来很多火箭,宋军船上着起火来,船上的宋军纷纷落水。韩世忠没有办法,只好眼睁睁看着兀术逃了回去。

兀术虽然逃了,但这场黄天荡之战,宋军却以八千人打败了金军的十万人,取得了重大胜利。金人也因为这一战,以后再也不敢小看宋朝了。

中 兴 四 将

历史学家把宋高宗刚刚建立南宋及宋军抵御金军入侵的时期叫做一次"中兴",这一时期,有四个将领抗金的功绩最大,历史学家就称他们为"中兴四将",故事中的韩世忠就是中兴四将之一,其他还有岳飞、刘光世和张俊。当时还有画家画了一幅《中兴四将图》,这幅画现在珍藏于中国国家博物馆,让我们现在还能看到这四位名将的风采。

郾城大战

黄天荡之战以后，宋高宗认为这下国家安定了，就把都城定在了临安（今浙江杭州），从此，临安成为了南宋的首都。

不久以后，金国发生了内乱，南宋大将岳飞认为这是个收复失地的好机会，就决定带领自己的军队北伐。

岳飞是相州汤阴（今河南汤阴）人，他一向精忠爱国，武艺也很高强，他训练的军队打仗非常勇猛，人们都称他的军队为"岳家军"。

岳飞带兵打下郾（yǎn）城后，又让部将带兵去收复了颍昌、陈州、郑州等城市。金朝大将兀术认为岳飞把军队都派出去了，郾城一定很空虚，就集中了十万精兵，浩浩荡荡地向郾城杀来。

兀术知道岳飞的厉害，所以他这次特意带了三千多名"铁浮图"和一万多匹"拐子马"参战。"铁浮图"和"拐子马"是金军很厉害的攻击方式。"铁浮图"是一种重甲骑兵，士兵、战马都穿的是特制的铁甲，刀枪都杀不进去，兀术以三个骑兵编成一队，居中冲锋。至于"拐子马"，则是从两边向中间包抄的轻骑兵。

有了"铁浮图"和"拐子马"，

兀术以为自己一定会取得胜利，非常骄傲。

岳飞看到金军来了，就让儿子岳云出城迎敌，岳飞说："你要是不能打胜仗，我就按军法处置你。"

岳云非常勇猛，他出城后，带着军队杀入敌阵，打得金军节节败退。

兀术看到情况不好，连忙下命令："岳云太可恶了，赶快让'铁浮图'和'拐子马'参加战斗。"

"铁浮图"的战斗力非常强大，岳云打起来很吃力，可他又不能后退，只好奋勇坚持战斗。岳飞在城上看见岳云情况不好，立即派出一支军队增援。

岳飞经常和金军交战，他也知道金军骑兵的厉害，经过研究，他终于找到了对付"铁浮图"和"拐子马"的方法。这次，这个方法总算派上了用场。

岳飞派出来的增援队伍，每个人都用藤牌护身，手里紧握着麻扎刀。等敌人的骑兵冲上来的时候，就弓下身子，专门去砍敌人的马腿。

金军骑兵的战马身上穿着盔甲，可马腿上却没有盔甲护住。结果，宋军砍断一匹马的马腿，"铁浮图"中与之相连的另两匹马也不能前进了。没过多久，"铁浮图"就被宋军杀得人仰马翻，死伤无数。"铁浮图"垮了，"拐子马"也没有

了用处。

岳飞一见，马上命令宋军发动总攻，金兵根本抵挡不住，只好向北逃窜。兀术失败后，流着眼泪伤心地说："我自从起兵以来，用'铁浮图'就没打过败仗，想不到却栽在了岳飞手上。"

虽然嘴上这么说，可兀术还不肯认输，过了几天，他又率十二万大军向颍昌扑来。当时，岳飞的部将杨再兴正在巡查边界，遇到兀术的大军。杨再兴手下虽然只有两百人，但他却毫不畏惧，领兵与金军激战，并歼灭了两千人。可金军实在太多，杨再兴最后还是让金军用乱箭射死了。

岳飞听到消息后，非常悲痛，立即让岳云带着军队去增援。岳云到了后，很快就将金军打败了，金兵一直跑了十五里才停下来。

接着，兀术与岳飞又在朱仙镇决战。当时金兵仍有十万多人。岳飞命五百名亲兵杀入敌阵，等到敌兵混乱时又发动总攻，把金军打得大败。黄河以北的起义军听说岳家军这么厉害，都很高兴，他们都说自己是岳飞的部队，到处打击金军。兀术只好仓皇逃跑。

岳飞眼见胜利在望，就对将士们说："我们休息几天，再向北进攻，等我们打金国首都黄龙府的时候，再喝酒庆祝吧。"

将士们听了岳飞的话，都热血澎湃，发誓一定要成功。

拐子马

金朝的"拐子马"是汉人的称呼，因为北宋的时候，汉人习惯把对称的东西叫做"拐子"，所以故事中的"拐子马"就指的是军阵中左右两翼对称的骑兵。岳飞为了对付"拐子马"，还创造了一种叫撒星阵的阵法，撒星阵的战斗队形非常疏散，士兵排得就像天上的星星一样。"拐子马"冲锋的时候，士兵四散开，不和敌人交锋。"拐子马"撤退时，士兵就聚拢冲杀。

扫码查看
☑ 中华故事
☑ 典故趣闻
☑ 能力测评
☑ 学习工具

秦桧卖国

　　兀术被岳飞打败逃到东京后，还想逃。这时候有个书生拦住他的马说："大王别走了，岳飞其实也没什么。"

　　兀术一听大感奇怪，连忙问道："岳飞太厉害了，绝对不是我能打赢的，怎么会说不用害怕呢？"

　　那个书生说："宋朝现在朝廷里有权臣，他们根本就不想和我们交战，只要他们看到岳飞在外面立了功，他们自己就会把他召回去的。"

　　兀术一听，这才恍然大悟，取消了继续逃跑的计划。

　　那个书生给兀术说的这个宋朝权臣，就是宋朝国内暗通金国、一心求和的秦桧。

　　秦桧本来是北宋的大臣，靖康之变金国把宋徽宗和宋钦宗带到北方的时候，秦桧也被带走了。秦桧到了金国，对金太宗百依百顺，金太宗认为他很有才干，就让他当了官，也不防备他。

　　一次，秦桧趁金国人不注意，就跑回了南宋，他对宋高宗撒谎说自己是杀了金国看守，才逃回来的。秦桧知道宋高宗很想和金国讲和，就对宋高宗说："我知道金国人想要什么，我有办法让金国人和我们和谈。您如果下决心讲和，就不要听别人的，只和我商量就可以了。"

　　宋高宗认为秦桧真有才干，就让他当了宰相。

　　秦桧当了宰相，就开始勾结金朝，千方百计排挤主战的大臣和抗金的将领。这一次，秦桧看见岳飞北伐取得了胜利，就赶紧劝宋高宗把岳飞调回来。

　　宋高宗害怕岳飞立下大功，取得了百姓的支持，对他的皇位造成威胁，就

同意了秦桧的提议。

　　岳飞在前线等待宋高宗的进军诏令，没想到等来的却是宋高宗要他退兵的圣旨。岳飞大惑不解，给朝廷上了一道奏章，说："现在正是恢复中原的大好时机，怎么可以错过这个机会呢？"

　　秦桧看到岳飞不想退兵，就又想了一条毒计。他让别的将领从前线撤军，然后对宋高宗说："岳家军已经成了孤军，如果不撤回来的话，肯定会失败，陛下您不能不管啊！"于是，宋高宗马上发出紧急金牌，让岳飞撤军。

　　岳飞不想撤军，他接到第一道金牌，还在犹豫，可是不一会儿，第二道金牌又来了。一天之内，岳飞竟然接到了朝廷发来的十二道金牌。

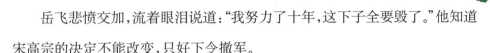

岳飞悲愤交加，流着眼泪说道："我努力了十年，这下子全要毁了。"他知道宋高宗的决定不能改变，只好下令撤军。

岳飞要撤军的消息传开后，附近的百姓都很伤心，他们拦住岳飞的马头说："您来的时候，我们运粮草给您，全力支持宋军，这是金人都知道的事。现在您走了，金人再打过来，我们肯定是死路一条。"

岳飞看到这个情景，也禁不住流下了眼泪，他取出金牌对百姓说："我也不想撤军，只是朝廷一再地要求我回去，我不能不回去啊。"

百姓们见留不住岳飞，都放声痛哭，岳家军也是泪流满面。

岳飞心里不忍，就对大伙说："我可以在这里停留五天，你们要是愿意跟随我，可以整理好行装和我们一起走。"

百姓们听了都很高兴，纷纷回家收拾行李。五天以后，岳飞护送百姓南下，来到襄阳的时候，岳飞给宋高宗上奏章说把襄阳的田地分给这些百姓，宋高宗批准了，这些百姓就留在了襄阳。

兀术最害怕的就是岳飞，金军打不赢岳飞，就称他为"岳爷爷"，还说"撼山易，撼岳家军难"。现在看到岳飞让宋高宗撤回去了，他高兴得不得了，又带着兵马来攻打河南的地方，本来被岳飞收复的许多城池，一下子又丢了个精光，这都是秦桧卖国造成的。

宋 朝 "金 牌"

宋朝的时候，遇到紧急的军事情况，就会用一种木牌传达命令，这种木牌为条状，长约一尺左右，周身涂满朱红油漆，上面写着"御前文字，不得入铺"（就是由皇帝颁发，不能进驿站，只能在马背上依次传递）八个黄金"警"字。由于写着金字，因此又叫"金字牌"，简称就是"金牌"，金牌发得越多，表示事情越紧急。这和我们现在体育比赛获得的金牌是不一样的。

岳飞冤死风波亭

岳飞回到临安，秦桧就解除了他的兵权，然后派人和金国议和，每年都送给金人大量钱财。

可是，金朝还是不满足。兀术写信给秦桧说："你天天说希望两国和好，可是宋朝有岳飞在，我们就不放心，除非你想办法把岳飞除掉。"

秦桧收到这封密信，生怕触怒了金人，赶紧想办法谋害岳飞。秦桧找了两个爪牙，让他们给宋高宗上奏章，说岳飞居功自傲。岳飞知道秦桧和他过不去，就向宋高宗提出了辞职，去庐山他母亲的墓旁隐居起来。

可秦桧却不甘心，他还没完成除掉岳飞的任务呢。想了一想，秦桧就打起了更坏的主意。他找到两个和岳飞不和的将领，让他们诬告岳飞想造反。宋高宗听说后，当成是真的，就下令逮捕岳飞、岳云。

公元 1141 年 10 月，岳飞父子被押入大理寺大堂。主审官何铸责问岳飞："有人说你对皇帝的决定不满，想重新掌握兵权，是不是有这回事？"

岳飞回答说："我要是想掌握兵权，早就去外地准备了，又怎么会回到庐山呢？"

何铸又说："你不要为自己辩白了。有人说，你还给你的部将写了信，让他们带兵造反，恐吓皇帝，是不是？"

岳飞知道何铸说的是假的，就反问他："你既然这样说，那么我写的书信在哪儿呢？"

何铸拿不出书信，只好说："他们和我说，书信已经被人烧了。"

岳飞一听就来气，说："你们说的罪状，一点证据都没有，凭什么抓我？"

说着,岳飞把衣服脱下来,露出脊背,人们看到他背上竟然刻着"精忠报国"四个字。

原来,这些字是岳飞母亲给他刻的,就是想他一心报效国家,不做对不起国家的事。何铸一看,知道岳飞是个好汉,就宣布退堂。

秦桧一看何铸没审出结果,恼羞成怒,换上了他的爪牙万俟卨(qí xiè)审理。万俟卨为了讨秦桧的欢喜,就用尽酷刑折磨岳飞,岳飞父子被打得遍体鳞伤,可他们仍然不肯承认。

有一天,万俟卨拿来纸笔让岳飞写供词,岳飞只写了八个字:"天日昭昭,天日昭昭。"岳飞知道自己是冤枉的,虽然秦桧想害他,但是天地良心最终会证明他是清白的。

这个案件审了两个月,什么都没有审出来。很多正直的官员知道岳飞是冤枉的,就上书给岳飞求情,结果这些官员也遭到了秦桧的陷害。

老将韩世忠愤怒地去找秦桧，问他："你们说岳飞造反，究竟有什么证据呢？"

秦桧拿不出证据，就说："岳飞写信让部下造反的事虽然还没有查清楚，但这件事莫须有啊(莫须有就是或许有，或许没有)。"

韩世忠生气地说："你怎么能这样办事？莫须有三个字，怎么能让天下的人心服？"秦桧大为恼火，不再跟韩世忠说话。

秦桧知道岳飞很受人拥护，他也怕杀了岳飞引起大伙的不满，所以他一直在犹豫动不动手。有一天，秦桧在家中喝酒，又想起岳飞的事。他决定不下来，就拿起柑子，用指甲在上边划来划去。

秦桧的老婆王氏知道他在想什么，王氏是个恶毒的女人，他就劝秦桧："你这个老头子，竟然决定不下来，难道你没听说过缚虎容易放虎难吗？"

秦桧听了王氏的话，就下了狠心，写了一张纸条，让狱吏杀害岳飞。公元1142年1月的一天晚上，狱吏将岳飞、岳云带到风波亭，用绳子残忍地把他们勒死了，岳飞死的时候，才三十九岁。

岳飞被害以后，有个叫隗顺的狱卒知道岳飞是被陷害的，就把他的尸骨偷了出来重新埋葬。后来宋高宗死后，岳飞被平反，人们才把他的遗骨埋在西湖边的栖霞岭上，后来人们又在那修了岳王庙。至于秦桧、王氏、万俟卨这些陷害过岳飞的人，人们就铸了几个像，让他们永远跪在岳飞墓门对面，让人们唾弃他们。

油 条 的 由 来

相传岳飞被害以后，风波亭附近的摊贩都把秦桧和王氏恨得咬牙切齿。有个摊贩就用面粉捏了象征秦桧和王氏的两个面人，然后把两个面人捏在一起放在油锅里炸，取名"油炸桧"，人们一看，就纷纷来吃"油炸桧"，边吃边喊："吃油炸桧啦！吃油炸桧啦！"再后来，人们又渐渐将"油炸桧"称作了"油条"。

海陵王篡位

南宋卖国贼秦桧在以"莫须有"的罪名杀害岳飞后不久，北方的金国也发生了一件大事。

金太宗有个侄子，叫完颜亮，他和金太祖完颜阿骨打的嫡长子完颜亶(dǎn)一起长大，两人的关系非常好。后来，完颜亶当了皇帝，就是金熙宗，他就提拔完颜亮做了左丞相，对他很宠信。

金国的大臣们看到完颜亮做了这么大的官，都纷纷来巴结他。有一次完颜亮过生日，大臣们送给他很多金玉宝物。金熙宗看到后，心想：别人巴结你比巴结我这个皇帝还厉害，这怎么行，我要把你贬出京城。

完颜亮非常害怕，担心金熙宗要杀他，他不甘心就这样死了，就想和人密谋除掉金熙宗，自己当皇帝。在路过北京(今内蒙古宁城西)时，完颜亮找到北京留守萧裕，两个人悄悄商议后，决定一起干这件事。

其实，金熙宗只是一时生气，他并不想杀完颜亮。把完颜亮赶出京城后，他就后悔了。考虑了很久，金熙宗决定派驸马唐括辩去把完颜亮召回来。

唐括辩在古北口追上了完颜亮。由于两个人平时的关系很好，完颜亮听唐括辩传完圣旨后，就邀请他一起喝酒。

完颜亮不知道金熙宗要他回京干什么，就向唐括辩试探说："皇上刚刚把我贬出京，现在又让我回去，这葫芦里卖的是什么药啊？"

唐括辩随口就说："皇上最近疑心很重，我们都不知道他是什么意思。"唐括辩一边说，一边往四处张望。突然，唐括辩看见墙上写着一首诗，就提着灯笼去看。

这下可吓坏了完颜亮。原来,完颜亮走到这儿的时候,看到这里景色很好,就在这里住了下来。他这时决心要造反,心情反而轻松下来。完颜亮安顿下来后,就出来欣赏落日余晖。他一下看见台阶上长着一些翠竹,生得郁郁葱葱。完颜亮认为这是好兆头,一时诗兴大发,就回来在墙上写了一首诗:

孤驿潇潇竹一丛,不闻凡卉媚东风。

我心正与君相似,只待云梢拂碧空。

这首诗中暗含反意,现在唐括辩要去看,完颜亮心里当然害怕。可他想要阻止时却已来不及了。唐括辩一看这首诗,就知道完颜亮想要造反,但他也是个有野心的人,心想和完颜亮一起造反肯定会成功。于是,唐括辩假装说道:"真是一首好诗啊,只是不知皇上——"完颜亮不等他说完,马上接口说:"这不过是我随便写的,大人可不要——"

唐括辩为了打消完颜亮的疑心,拍了拍他的肩膀说:"你写了什么诗吗?我今天酒喝多了,什么也没看见啊!"完颜亮听唐括辩在帮他,才感到如释重负,两个人相视而笑。

回到京城后,金熙宗让完颜亮官复原职,但金熙宗又提拔了金太宗的儿子完颜宗本,官职还在完颜亮之上。完颜亮可不想有人超过他,就想出一条计策。

有一天,完颜亮进宫对金熙宗说:"陛下,我有一件事想告诉您,不知道可不可以讲。"

金熙宗很想知道是什么事,就说:"你只管讲就是了。"

完颜亮就诬陷完颜宗本说:"完颜宗本是金太宗的儿子,太宗没有让他当皇帝,他一直心中不满。现在您让他当这么大的官,恐怕他会造反呀。"

金熙宗一听,以为是真的,就把完颜宗本贬了,把完颜亮提拔了上来。

完颜亮取得了金熙宗的信任,便开始大肆拉拢培植自己的党羽,他把唐括辩和大臣秉德都拉到了自己身边,三个人一起狼狈为奸,怂恿金熙宗杀掉了很多对他们不利的人和皇室宗亲,甚至连皇后都杀了。

满朝文武见金熙宗老是杀人,心中害怕,唯恐一不小心把自己也杀了,大家战战兢兢的,弄得朝野上下一片混乱。完颜亮一看时候差不多了,便和唐括辩、秉德一起发动兵变,自己做了皇帝,他就是海陵王。

金 国 的 皇 位 继 承 制 度

金国人立皇帝不像宋朝一样大多数时候立的是皇帝的儿子,金国人一直采取的是兄终弟及制,就是一个皇帝死了,要立他的弟弟做皇帝,不能立自己的儿子。等到最小的弟弟当了皇帝后,才选立先帝的儿子或孙子。金太宗就是金太祖的弟弟,金太宗没有弟弟,才立的金太祖的长孙完颜亶。

书生退敌

金国海陵王的野心很大，他一心想发动战争，消灭南宋。有一天，他做了个梦，梦见自己上了天宫，天帝让他讨伐南宋。他跟大臣们说起这个梦，一些巴结他的大臣就说这是个好兆头，应该尽快发兵攻打南宋。

完颜亮听了非常高兴，就积极做起了进攻南宋的准备。

有些宋朝官员听到消息，连忙向宋高宗报告。可宋高宗根本就不相信，把大臣们的报告都当成了耳边风。

公元1161年9月，海陵王做好了准备。他从全国招来了六十万军队，分成四路向南宋打来。出发前，海陵王趾高气扬地对大臣们说："以前兀术打宋朝，费了很长时间也没打下来。这次我出兵，最多一百天就能把宋朝打败。"

海陵王的大军打到淮河北岸的时候，宋朝负责江北防务的老将刘锜（qí）尽管正在生病，但仍然让人用担架把他抬到淮东指挥防御。刘锜又让副将王权带兵到淮西，让他在寿春指挥宋军作战。

可是，王权是个贪生怕死的人，他走到庐州（今安徽合肥）的时候，就吓得不敢前进了。后来，他听说金军已经过了淮河，他马上又往南逃跑，一直跑到了采石矶（今安徽马鞍山南）才停下来。

刘锜虽然打败了一次金军的进攻，但金军实在太多，他一个人对付不了，只好带兵撤退。这样，金军就把淮河以北的地方都占领了。

宋高宗听说金军越打越近，害怕得不得了，他马上让大臣们给他准备船只，准备再次逃到海上去避难。有个叫叶义问的官员奉命去视察前线，可叶义问也是个胆小鬼，走到建康（今江苏南京）时，就不敢再走了。

就在宋高宗和大臣们急得团团转时，一个叫虞允文的文官却自告奋勇要去采石矶慰劳宋军。大臣们巴不得有人站出来，都催促他快去。

虞允文来到采石矶的时候，王权已经被调走了，新派来的将军还没有到。他发现宋军都脱掉盔甲，三五成群地坐在路边，而江北金兵的呐喊声却是一阵接一阵。

虞允文问他们说："金军都要渡江打过来了，你们还坐在这里干什么？"

士兵们回答说："将军们都不在，我们还打什么仗啊？"

虞允文心想，自己虽然是个书生，但只要大家团结起来，就一定能打败金军。于是虞允文对将士们说："我是朝廷派来的，只要你们为国家立功，我一定报告给朝廷，让朝廷论功行赏。"

将士们听说后，都打起了精神。他们说："我们都恨透了金人，只要您肯带领我们，我们一定听您的吩咐。"

有个虞允文带来的官员担心地说："您只不过是朝廷派来视察前线的，朝廷并没有让您指挥军队，要是打败了怎么办？"

虞允文昂首说道："你说得虽然有道理，可是现在国家的形势很危急，我一定要管。"

虞允文知道金兵很多，他就故意示弱，把宋军的主力部队都藏了起来。金军以为宋军都跑了，就急急忙忙地渡江。几百艘金军大船很快就载着金军陆续登岸。

金军刚一上岸，虞允文就让埋伏好的宋军冲了出来。兵士们士气高涨，拼命冲杀。金军哪料得到宋军这么勇猛，一下子就被打乱了。这时，宋朝的水军也向金军的船冲去，金军没有防备，很多船都被宋军摧毁了。

这场战斗整整打了一天，金军最后遭遇惨败，不得不退回江北，海陵王更是气得暴跳如雷。

海陵王不甘心失败，第二天又派军队渡江。虞允文这次把敌人围在江心和渡口里，用火箭烧他们的大船，很快，金兵的战船就被烧了个干干净净，战死在江上的就有几千人，有的勉强逃了回去，又被愤怒的海陵王处死了。

金兵打了几次败仗，都很害怕作战。可海陵王还是不死心，不但到处寻找渡口过江，还随时随地打骂将士。后来，金军将士再也受不了海陵王这样残暴的统治，就在一天晚上冲进海陵王的大营把他杀了。

海陵王死了以后，金军都退了回去，金国人又拥立了完颜雍作皇帝。完颜雍派人跟宋朝讲和，宋朝也不想打仗，就接受了金国的建议。

采石矶

采石矶是长江的重要渡口，是历代的兵家必争之地，历史上许多战争都与采石矶有关，除了虞允文指挥的这次"采石矶之战"，还有隋灭陈、北宋灭南唐等。采石矶还与唐代大诗人李白有联系，李白曾多次游览采石矶，写了很多著名的诗歌。现在这里还流传着李白"跳江捉月"的传说呢。

辛弃疾活捉叛徒

海陵王南下攻打宋朝的时候，北方的汉族人民看见海陵王把金国的军队都带走了，就纷纷起义。

当时，山东有个农民耿京，也聚集了一些人起义。耿京的队伍发展得很快，不多久就有了二十多万人，还攻占了几座县城。

投奔耿京起义军的人，除了山东一带的贫苦农民外，还有一些不得志的知识分子，辛弃疾就是其中最著名的一个。

辛弃疾是历城（今山东济南）人，他很小的时候父母就死了，只好跟着祖父辛赞一起生活。辛赞虽然在金国占领区做了几年地方官，但他却对宋朝忠心耿耿。辛弃疾小的时候，辛赞带着他登上高山眺望南方，用手指点着告诉他们是宋朝人。在祖父的教育下，辛弃疾从小就很恨金人，他苦读诗书，勤学武艺，希望有一天能为宋朝出力。

辛弃疾二十二岁的时候，遇上海陵王率军南侵，他见机会难得，就召集了一支两千人的队伍，投奔耿京。

耿京看到辛弃疾来了很高兴，他的部队中有文采的人不多，于是就封辛弃疾为掌书记，让他负责起义军的大印和文件。

辛弃疾告诉耿京，在济南附近有支起义军，首领是他的好朋友僧人义端，义端懂得兵法，很会打仗。他可以去说服义端加入耿京的队伍。

果然，义端很快就被辛弃疾说动了，投奔了耿京。可是辛弃疾没想到的是，义端来了后却不想久居人下，时间一久，他就起了反叛之心。

有一天晚上，义端趁辛弃疾出营巡视的时候，偷偷潜进辛弃疾的营帐，把

耿京的大印偷走,投奔了金军。

耿京知道这件事后,勃然大怒,他以为是辛弃疾引进了奸细,要把辛弃疾斩了。

辛弃疾恳切地对耿京说:"义端偷了大印逃跑,我应该负责,请您给我三天时间,让我把大印追回来。要是我三天内追不回来,我愿意接受惩罚。"

耿京同意了辛弃疾的要求。辛弃疾一个人骑上快马,从小路上赶上了义端。义端一看辛弃疾来了,吓得直打哆嗦,跪在地上磕头。辛弃疾哪里肯饶他,一刀将义端的头砍了,搜出大印,带回了耿京营里。

耿京见辛弃疾将功赎罪了,不再惩罚他,仍然让他担任原来的职务。

完颜雍当了金国皇帝以后,使用招抚和镇压的手段,企图瓦解起义军的力量。耿京的队伍受到了很大的威胁。

辛弃疾劝耿京和宋朝取得联系,南北呼应,如果山东不行,还可以把队伍拉到南方去。耿京听从了辛弃疾的建议,就派贾瑞和辛弃疾一起去见宋高宗。

宋高宗听说山东的起义军来归附,十分高兴,亲切地接见了贾瑞和辛弃疾,辛弃疾向宋高宗详细报告了山东的抗金情

况,宋高宗立即封了耿京、贾瑞和辛弃疾的官,让他们回去告诉耿京。

贾瑞和耿京完成了任务,高高兴兴地往山东走。不料,他们在经过海州(今江苏连云港)的时候,却听到一个不幸的消息,原来耿京部将张安国杀了耿京,带着人投降了金国。

辛弃疾非常难过,决心为耿京报仇雪恨。辛弃疾和海州的守将一商量,很多将士都愿意跟着他去杀叛徒。于是,辛弃疾连夜带了五十个人,就往张安国的军帐赶去。

当时张安国还在营中陪着金国将领喝酒,他听说辛弃疾来了,有点心虚,但又弄不清辛弃疾的用意,就吩咐让他们进来。

辛弃疾进来看到张安国,眼睛都气红了,他和手下的五十个人立即冲了上去,七手八脚把张安国捆了起来,出了大营。

等张安国的手下赶到时,辛弃疾对他们大声说道:"朝廷大军马上就来了,你们谁愿意继续抗金的,就和我一起走。"结果,张安国的手下有一万多人愿意跟随他。

辛弃疾押着张安国,带着大家走到了建康,宋朝审清了张安国的罪行,立刻把他砍了头。

辛弃疾回到南方后,宋高宗让他去江阴做官,不让他参与抵抗金人的事。辛弃疾不能实现收复中原的愿望,只好写下很多词,寄托自己的爱国热情。

济南二安

辛弃疾是位卓越的爱国词人,他的词现在留存下来的有六百多首,这些词和苏东坡写的一样表现得很豪放,后人喜爱辛弃疾和苏东坡的词,就把他们两人并在一起,称作"苏辛",还把他们两人看作宋朝"豪放词派"的领袖。由于辛弃疾字幼安,李清照号易安居士,他们又都是济南人,因此人们又称他们为"济南二安"。

爱国诗人陆游

就在辛弃疾活捉叛徒南下的那一年，金军又来攻打南宋，宋高宗怕麻烦，就宣布退位，让他的侄儿赵昚(shèn)当了皇帝，这就是宋孝宗。

宋孝宗在当皇子的时候，和岳飞的感情很好，他知道岳飞是被冤枉的。因此宋孝宗一登上皇位，就把秦桧一党赶出了朝廷，还为岳飞父子翻了案，人们听到这个消息，都拍手称快，说宋孝宗做得对。

宋孝宗很想把金人抢去的中原都收回来，于是他任用了很有名望的老将张浚，让他准备北伐的事。

张浚没读过多少书，他在起草北伐诏书时，觉得自己老是写不好，他就找来陆游帮他写。

陆游是个很有名的爱国诗人，写了很多诗。小的时候，陆游亲眼看到金兵在江南烧杀抢掠，从此以后，陆游就暗暗发誓，一定要把金人赶回老家去。

后来陆游去临安参加科举考试，本来那次陆游考得最好，该得状元。可那时候还是秦桧掌权，恰好秦桧的孙子秦埙(xūn)也参加了考试，秦桧为了让秦埙得状元，就诬陷陆游，说他的文章里有抗金的字句，要查办他。

陆游不得已只好回到了家乡山阴，待了几年。他利用这段时间刻苦学习武功剑术，还从好朋友那里借来《孙子兵法》，努力研究，希望有一天能报效国家。

后来直到秦桧被宋孝宗赶走后，才有了张浚让陆游起草诏书的事。

陆游听说张浚要北伐，高兴得很，满心希望这次北伐能够马到成功。可是，担任统帅的张浚却是个缺乏指挥才能的人，张浚手下的几个大将又互相猜忌，谁也不服谁。结果，宋军打了个大败仗。

张浚北伐失败，那些主张求和的大臣就说要不是陆游怂恿，宋朝就不会失败。宋孝宗听到这些大臣这么说，也有点怀疑陆游，就把陆游又贬回家去了。

陆游这次在家乡住了三年，生活非常贫困。乾道五年（1169），陆游已经45岁了，朝廷才又派他去四川当了个小官。从山阴到四川，路途非常遥远，陆游在路上看到了很多名山河流，了解了很多民情。从此，陆游写诗的思路更加开阔，题材也更丰富了，写出了很多好诗。

又过了些时候，有个负责四川一带的将领王炎听到陆游的名声，就把他请到了汉中，让他给自己出谋划策。汉中就在金国占领区的边上，陆游心想：到那里也许就会参加和金人的战斗了。

来到汉中，陆游就经常骑着马去观察金人占领的地区，他看到金国那边的老百姓冒着危险给宋军送粮，心里面就很温暖，认为抗金一定有希望。

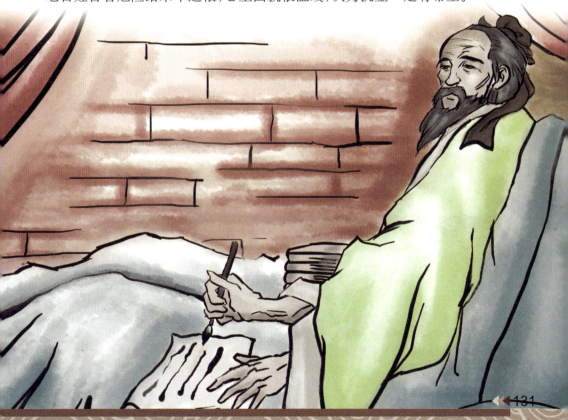

可是这时候的宋孝宗已经不是刚当上皇帝的宋孝宗了，他在主和派大臣的攻击下，不敢再和金国作战，陆游满怀希望的心情就这样落空了。

不久，王炎被调走，陆游也被调到成都，在这里，陆游想着自己不能为国家出力，心里面特别失望。他只好常常喝酒写诗，来表达自己的爱国情感。这时候，有些官员说陆游不讲礼节。陆游听了也不当回事，他还给自己起了个别号，叫"放翁"，所以陆游又叫"陆放翁"。

虽然年龄越来越大，可陆游仍然希望南宋朝廷能起兵收复中原。但是，陆游一直等着宋朝换了两个皇帝，也没等到这个机会。直到公元1206年，宰相韩侂(tuō)胄(zhòu)才又发动了一次北伐，可这次北伐因为没做好准备，最后还是失败了。从此宋朝皇帝害怕打不过金军，就老是和金国讲和。

陆游85岁的时候得了大病，他知道自己是不能为国出力的了，躺在床上，想到宋朝残破不堪的山河，他不禁悲从中来，费尽力气从床上坐起，挣扎着写下了最后一首诗《示儿》：

死去元知万事空，但悲不见九州同。

王师北定中原日，家祭无忘告乃翁。

陆游是想告诉他的儿子们，他这一生最悲哀的就是没有看到宋朝统一中国，以后要是他的儿子们看到了，一定不要忘记在祭祀的时候把这个好消息告诉他，好让他在九泉之下不用再感到悲哀了。

陆 游 的 诗

陆游一生中写了一万多首诗，现在留下来的还有九千三百多首，其中许多诗篇抒写了抗金杀敌的豪情和对敌人、卖国贼的仇恨，风格雄奇奔放，沉郁悲壮，在思想上、艺术上取得了卓越成就，因此他生前就被别人称作"小李白"。他也是中国历史上写诗最多和诗作流传下来最多的诗人。

理学大师朱熹

和陆游同时代的南宋,还有一位响当当的人物,他就是理学大师朱熹。

朱熹是徽州婺源(今属江西)人,他的父亲是个大学者,在父亲的影响下,朱熹从小就很用功学习,学到了很多知识。有一次,小朱熹看见一群孩子在沙土上玩沙,他跑过去,坐在地上后,顺手就画了一个八卦。看见的大人们都很惊奇,纷纷说道:"朱熹是个神童,长大了一定会有成就。"

年轻的时候,朱熹拜过两位老师。其中一人信佛,一人信道。朱熹也跟着一会儿信佛,一会儿信道。到了后来,朱熹的书读得多了,他发现佛和道都有好多缺点,他决心发现一种没有缺点的思想。经过专心研究,朱熹终于架构了自己的思想体系,这就是理学。

理学认为世界万物都是由"理"构成的,这个"理"是一种抽象的概念,就是"天理",是实实在在的事物和规矩,它是永恒的,不生不灭,不增加也不减少。人的一切行动都要受"理"影响。

当时很多人都认为朱熹说得很有道理,可有个叫陆九渊的却不赞同。陆九渊也是个大学问家,主张"心学",他认为人心也是理,只要心中树立一个远大的愿望,心就可以不受外界事物的干扰和引诱。

为了这个问题,朱熹和陆九渊经常通过书信发生争吵,很长时间以来,他们谁也说服不了谁。公元

1175年,有个叫吕祖谦的官员认为不能让朱熹和陆九渊这样争吵下去了,就把他们邀请到江西铅山县的一个古寺,古寺中有个鹅湖,吕祖谦就让他们在这儿讲学。这就是历史上有名的"鹅湖之会"。

会上,双方各执己见,互不相让。有时为了一个问题,双方还面红耳赤地大声争吵,甚至还互相嘲讽。

这次"鹅湖之会"开了三天,双方谁也没说服谁,结果闹得不欢而散。"鹅湖之会"以后,"理学"和"心学"两大派别开始分庭抗礼。

这个时候,宋孝宗还想召朱熹到朝廷做官,让朱熹给拒绝了。朱熹在故乡修了一座简陋的房舍,取名叫"寒泉精舍"。他在这里住了十多年,一边编写书籍,一边教授弟子。由于他的名气很大,前来听他讲学的人数不胜数。

经过多年研究,朱熹的理学逐渐发展成为一个完整的唯心主义理学体系,他的理学,一直成为后来封建社会的理论工具。人们认为他是继孔子之后在中国影响最大的思想家,所以人们把他称为"理学大师"。

除了理学,朱熹在教育、文学、地理、自然科学等方面都有研究,他也写了很多书籍,主要著作有《四书集注》、《周易本义》等,后人把这些书合在一起,称为《朱子全书》,《朱子全书》中有些内容还成为后来封建时代学生上学的课本。

公元1200年,朱熹在家中逝世,临死的时候,他还在修改他的著作《大学诚意章》,可见他对自己的理学是多么执着啊。

朱 熹 读 书 法

朱熹曾经提出了六条读书法,一是读书要按照书本的前后顺序有系统、有步骤地来读;二是读书要一边记一边思考;三是读书要仔细认真,反复琢磨,反复体会;四是读书要结合自己的心得,读了书后要进行实践;五是读书要拿出精神,下苦功夫,花大力气;六是读书要专心致志,要坚定自己的决心。这些方法,你做到了吗?

专横皇后李凤娘

公元 1189 年，宋孝宗把皇位传给太子赵惇(dūn)，这就是宋光宗。宋光宗不仅不敢攻打金国，而且他还没有治国才能。因此，宋光宗就把大事小事都交给皇后李凤娘来处理。

李凤娘天生嫉妒。有一次，宋光宗在宫中洗手，发现给他端水的宫女长了一双白嫩的手，就随口说了一声"好"。没想到，这件事让李凤娘知道了，她第二天给宋光宗送来一盒点心，宋光宗打开盒子一看，里面装的竟是那位宫女的一双手。这件事，还把宋光宗的心脏病给吓出来了。

李凤娘对偶尔遇见的宫女都嫉妒成这样，对宋光宗的其他妃子那就更加残忍了。宋光宗嫔妃中以黄贵妃最受光宗喜爱。

宋光宗还是太子的时候，宋高宗就把黄氏赐给了他，有了这层关系，宋光宗总是对黄氏另眼相看，他当皇帝后，就将黄氏封为了贵妃。可是，李凤娘怎么也不能容忍黄贵妃得势。

公元 1191 年冬至的时候，宋光宗离开皇宫主持祭天的典礼，晚上也住在外面。李凤娘趁机召见黄贵妃，对她说："你这个贱人！平日里就知道迷惑皇上，皇上还护着你。现在皇帝不在宫里，看谁还能来救你？"说完，她就让自己手下的太监用棍棒责打黄贵妃，规定不打满一百下，不能停手。结果把黄贵妃打得遍体鳞伤。

黄贵妃是个弱女子，哪里受得了这一百下的重刑？结果她被太监们活活打死了。李凤娘见眼中钉已经除掉，心中格外高兴，命人将她的尸体拖出，仅用一口薄棺材就埋葬了。

宋光宗祭天时遇上下雨，本来就生了病，这时又听到黄贵妃死去的消息，非常难过，结果病得更加重了。

宋孝宗听说宋光宗得了重病，前来探视。可是，宋光宗却病糊涂了，意识很不清醒。宋孝宗非常心疼，对李凤娘说："你身为皇后，竟然使皇帝染上重病。如果皇帝病情恶化，我把你全家都斩了！"李凤娘跪在地上，一句话都不敢说。

过了几天，宋光宗的病情有了好转。李凤娘假惺惺地哭泣着说："陛下患病是因为喝酒太多的原因，你为什么不照顾好自己呢？结果太上皇还怪罪于我，要把我一家都斩了。我们李家都是老实人，他们有什么罪过呢？"宋光宗以为李凤娘说的是真的，就开始对宋孝宗不满了。

李凤娘趁宋光宗生病的这段时间，把其他两个妃子又赶出了宫。宋光宗听说后，才知道被李凤娘糊

弄了,他就想把李凤娘废掉。可是,大臣们都害怕这样引起动乱,反对宋光宗这样做。宋光宗这才没有废除她。

后来,宋光宗的病好些了,但精神却不太正常。大臣们私下里都称宋光宗为"疯皇"。在李凤娘的挑拨下,宋光宗一次也没去拜见过宋孝宗,这让大臣们很是不满。

到宋孝宗生日的时候,大臣们费了很大的劲才让宋光宗同意了去见宋孝宗。正当宋光宗坐上车往宋孝宗住的地方走的时候,李凤娘来了,她说:"天气太冷了,陛下还是留在宫中喝酒为好!"

大臣们非常焦急,有个叫陈傅良的大臣一把抓住宋光宗的衣袖,说道:"您不要回去,还是拜见太上皇要紧!"

李凤娘要把皇帝拉走,陈傅良大着胆子跟了过去。李凤娘斥责道:"这是什么地方?你一个秀才也敢进入,难道不怕哀家砍你的头?"说着,他强拉着宋光宗回内宫去了。陈傅良非常伤心,在大厅上痛哭起来。

李凤娘派人责问他:"你无故痛哭,是什么礼节?"陈傅良说:"做臣子的劝君王,君王却不听,难道不许臣子哭几声吗?"大臣们对宋光宗和李凤娘很不满,渐渐都不专心为他们办事了。

后来,宋光宗死了后,皇子赵扩发动了政变,夺取皇位,就是宋宁宗。李凤娘从此失去权力,再也不敢专横生事了。

皇 帝 冬 至 祭 天

古代的皇帝到了冬至,都会去祭天。古代人认为皇帝是上天派来管理人间的,皇帝祭天就是祈求上天保佑自己的国家平平安安,保佑百姓们五谷丰登。祭天时皇帝要磕66个头,还要去专门的地方拜祭。宋光宗祭天是在杭州城外的郊坛。到了明清两代,皇帝祭天更加浩大,北京天坛就是明清两代皇帝祭天的地方。

西夏亡国

宋宁宗的时候，北方的草原上新兴起一个强大的国家——蒙古。他们有个勇猛的领袖成吉思汗。成吉思汗很会打仗，蒙古人的战斗力也很强，他统一了蒙古以后，就想把挨着蒙古的金国和西夏都打下来。

成吉思汗把进攻的目标首先对准了西夏，因为和金国比起来，西夏要弱一些。西夏自从仁宗李仁孝以后，国势就开始由盛转衰。成吉思汗为了攻打西夏，制造了种种借口。

公元 1205 年，蒙古军假装说西夏收容了和成吉思汗作对的王汗的儿子桑昆，问西夏要人。桑昆本来就不在西夏这儿，西夏怎么交得出来。于是成吉思汗有了借口，带着大军气势汹汹地向西夏攻来。很快，成吉思汗就攻下了西夏的力吉里寨和落思城。由于天太热，不利于打仗，成吉思汗抢了些东西就退了回去。

蒙古军退走后，夏桓宗李纯佑下令把蒙古军破坏的城池都重新修好，又把都城兴庆府改成中兴府，他的用意是想他能够让西夏兴旺发达起来，可最后他还是没能如愿。

公元 1206 年，西夏国内发生政变，夏襄宗李安全成了西夏皇帝。过了一年，成吉思汗又带着大军朝西夏的兀（wù）剌海城奔来。

攻城之前，蒙古军把在路上遇到的牧羊人放回城中，让他们告诉城里人说："你们要是胆敢抵抗的话，蒙古大军破城之后就会把全城的人杀光。"

可是，兀剌海城中的军民没有被蒙古人吓倒，蒙古大军攻来时，他们组织了顽强的抵抗。蒙古军攻了四十多天都没攻下来。

　　成吉思汗很聪明，决定使用火攻。他对兀剌海城的西夏将领说："如果你们交出千只猫和万只小燕子给我们，我们就会撤兵。"

　　西夏将领听到成吉思汗的这个条件，都很惊奇，不知道成吉思汗葫芦里卖的什么药。被蒙古军攻了这么久，兀剌海城的军民都盼着早点停战。虽然搞不明白成吉思汗为什么要这样做，他们还是逮了猫和燕子交给成吉思汗。

　　西夏将领哪里知道，他这样做是帮了个倒忙。成吉思汗得到这些猫和燕子后，就在它们的尾巴上拴上浇了油的麻絮，点上火后，下令把它们全部放了。

　　那些小燕子的窝本来就在城里的居民家中，受到惊吓的小燕子一被放开，就全部飞回到了城中的巢里。那些猫也一样，全部跑回到了各自的主人家中。

这些动物尾巴上都点着火,城里人害怕他们把房子烧着了,就手忙脚乱地捕杀这些动物。

可是燕子和猫太多了,城里人根本就捕杀不过来。没过多久,兀剌海城很多地方就着了火。与此同时,成吉思汗又指挥蒙古军向兀剌海城发起了猛烈攻击。这下,兀剌海城再也支持不下去了,很快就被蒙古军攻了下来。攻下兀剌海城以后,蒙古军又退了回去,原来这次他们主要是来熟悉地形的。

1209年,成吉思汗又来了,这次蒙古军一直打到了中兴府下。夏襄宗一看快抵挡不住了,连忙派人向成吉思汗求和,答应把自己的女儿嫁给成吉思汗,还保证每年送给蒙古很多钱财,成吉思汗这才退了回去。

1211年,西夏国内又发生了动乱,皇帝变成了夏神宗李遵顼,夏神宗知道蒙古强大,就想借助蒙古的力量攻打金国。可蒙古不听他的,1225年、1226年,蒙古又两次攻打西夏,西夏军队节节败退,夏神宗惊吓而死,刚刚继位的夏献宗李德旺也惊慌而死。

公元1227年春天,成吉思汗第六次攻打西夏,很快攻下了西夏的重要城市灵州。这年六月,西夏首都中兴府又发生了强烈地震,房屋倒塌,瘟疫流行,粮食断绝,西夏末主李睍(xiàn)不得已正式向蒙古投降。就这样,党项族的西夏最终灭亡了,它在历史上一共存在了190年。

党 项 的 后 裔

蒙古灭了西夏后,大肆屠杀西夏百姓,党项族后来就没有再在历史上出现过。党项族是被杀光了还是去了别的地方,就成了历史上的一个谜。有的人认为党项人和蒙古人融合在了一起,有的人认为党项人逃到了四川等地躲避战乱,有的人认为党项人投奔了金国,但这些都没有得到证实。看来,这个谜只有等后来人去解开了。

金国覆灭

扫码查看
☑ 中华故事
☑ 典故趣闻
☑ 能力测评
☑ 学习工具

蒙古灭了西夏以后，马上又把矛头指向了金国。蒙古原来受金国控制，但金国对蒙古人很不友好，而且常常欺负他们，因此蒙古人把金国恨之入骨。在金章宗的时候，蒙古开始强大起来，他们在成吉思汗的带领下，打败了西夏，实力得到壮大，于是开始积极准备着向金国复仇。

金章宗死后，完颜永济成了金国皇帝。完颜永济是个优柔寡断的人，没有治国的才能，他还宠信一些奸臣。成吉思汗听说后就说："我本来以为金国到处都是人才，当皇帝的都是英雄，哪知道竟然是这样一个人，我们要攻打他们就好办了。"

成吉思汗便带兵到处攻打金国，金国这时候非常混乱，被成吉思汗打得大败。后来，完颜永济也被大臣杀了，新即位的皇帝金宣宗只好向成吉思汗求和，送给成吉思汗很多钱财，成吉思汗才撤了回去。

没过多久，出现了一个有趣的现象，几乎在两年之内，金宣宗死了，宋朝的宋宁宗死了，紧接着成吉思汗也死了。

金宣宗死后，金哀宗完颜守绪即位，可这个完颜守绪和宋朝新即位的宋理宗一样没有治国才能，三个国家中只有继承成吉思汗汗位的窝阔台是个英雄。

窝阔台看到金国不行了，就兴兵讨伐金国。金哀宗知道自己打不过蒙古，就派人向宋理宗求救，说："如果金国被灭了，蒙古下一步就会攻打宋朝了。如果你和我们一起对付蒙古，对宋朝和金国都有好处。"

可是宋理宗一想到以前金国抢了宋朝那么多地方和钱财就来气，根本不理会金哀宗的请求，反而和蒙古联合在一起，要灭掉金国。

金哀宗没有办法，只好自己带兵和蒙古作战。但这时候，金军却被他训练得不堪一击，蒙古在三峰山把金国的主力都打败了，又把金国的洛阳围了起来，并派人去汴京让金哀宗投降。

金哀宗拿不出办法，就天天和后妃们聚在一起，以泪洗面。他想偷偷自杀，又被大臣们救了起来。

有个大臣见此，就对金哀宗说："现在金国闹到这种地步，都是皇帝不能决断，将士胆小引起的啊。"

不管大臣们怎么说，金哀宗还是拿不出办法，最后只好去向蒙古求和，但蒙古根本就不答应。金哀宗只好带着仅有的一点人往蔡州（今河南汝南）跑。

金哀宗走得匆忙，连像样的车马都没有，途中又遇上大雨，所有的人只好在雨中步行，没有粮食，大家就摘路边还没成熟的枣子充饥。

金哀宗在路上看见金国成了这个样子，伤心地说："国家完了啊。"

走了大半个月，金哀宗才走到蔡州。这段时间，由于蒙古和宋朝一直在商量灭金的事，没来得及打他。金哀宗和他的官员以为又要过上好日子了，就把城里的粮食和美酒都拿了出来，一古脑儿吃了个精光。

可是没过多久，蒙古军和宋军就达成了协议，他们把蔡州团团围了起来。蔡州城内没了粮食，金军守起来非常吃力。

三个多月后，金哀宗觉得大势已去，便对左右说："金国传到我这一代就这样亡了，我是个亡国之君，这让我无法忍受啊！"

说完，金哀宗又把元帅完颜承麟(lín)找来，流着眼泪对他说："蔡州已经守不住了，我身体胖，不能骑马。现在我就把皇位传给你，万一你能冲出城去，我们金国也不至于灭亡。"

说着，金哀宗就把自己头上的皇冠摘下来给完颜承麟戴上，又把身上的龙袍取下来给完颜承麟披上，这样就完成皇位的传承。接着，他一个人跑回宫里上吊自杀了。

完颜承麟刚当上金国皇帝，蒙古和宋朝的联军就把蔡州攻破了。完颜承麟只好带着金军和联军巷战，希望能杀开一条血路。可是，联军实在太多了，完颜承麟怎么也冲不出包围圈。最后，完颜承麟只当了一天皇帝就和将士们被联军杀死了。完颜承麟死后，金国也就灭亡了。

金 国 的 首 都

金国的首都很多，先是在会宁府(今黑龙江阿城南白城镇)，后来又迁都到燕京大兴府(今北京)，那时金国还设了四个陪都，分别是北京大定府(今内蒙古宁城西南)、东京辽阳府(今辽宁辽阳)、西京大同府(今山西大同)、南京开封府(今河南开封)。燕京大兴府被蒙古攻占后，金国又把首都迁到了汴京(今河南开封)。故事中金哀宗亡国的时候，首都又成了蔡州。

蟋蟀宰相

　　蒙古和南宋联合灭掉金国以后,南宋想把金国占领的河南一带的土地收回来,可蒙古却不同意,说南宋破坏协议,趁机挑起了和南宋的战争。

　　宋军打不过蒙古军,很快蒙古军就围住了鄂州(今湖北武昌)。败报一个接一个地送到宋理宗那儿的时候,宋理宗慌了神,连忙命令各个地方的宋军都去援助鄂州,又任命贾似道担任右丞相,去汉阳督战。

　　贾似道本来是个浪荡公子,只因为他的姐姐是宋理宗的贵妃,他才得了官位。当了官的贾似道什么事都不干,白天在街头巷尾鬼混,晚上就带着很多歌女去西湖上游玩。

　　有一次,已经很晚了,宋理宗看完奏折后在宫里登高眺望,看到西湖上波光灯火两相呼应,好不热闹,宋理宗就对左右人说:"这一定是贾似道这小子。"

　　左右人知道宋理宗宠着贾似道,就对宋理宗说:"陛下别看他年纪轻轻,贪玩好耍,可他的才能大着呢。"

　　这回，蒙古人进攻鄂州，宋理宗心想：贾似道有才能，派他去一定能让蒙古人退兵。因此，贾似道只好硬着头皮来到了前线。

　　平时只知道玩乐的贾似道来到前线，看见刀光剑影、尸横遍野的情况就吓破了胆，因为军事上的事他根本就不懂。

　　没过多久，蒙古皇帝蒙哥死了，蒙古军出现了乱子。贾似道心想这可是个讲和的好消息。他就瞒着宋理宗私自派人去求和，答应把长江以北的土地都送给蒙古，并且每年向蒙古送去银、绢各二十万。蒙古人得到贾似道的许愿，就急忙撤兵回去拥立新皇帝了。

　　蒙古人退了后，贾似道就抓了些蒙古兵的俘虏，跟宋理宗说他取得了大胜，把蒙古人都打跑了，和蒙古人讲和的事他却一个字也不提。

　　宋理宗听了贾似道的谎话，还以为他立了大功，专门夸奖了他，又升了他的官。

　　蒙古军回去后，让忽必烈做了皇帝，改国号为元，忽而必烈就是元世祖。忽必烈想起贾似道还没给他钱财呢。就派使臣郝京来找贾似道要。贾似道害怕自己的谎话被戳穿，就赶紧让人把郝京给扣了起来。

　　忽必烈听说后，气得要命，就想率军又来打南宋。可那时候，忽必烈刚当上皇帝，蒙古国内政局有点乱，只好暂时放过了贾似道。

　　贾似道又当了很长时间的宰相。宋理宗死后，即位的宋度宗仍然以为贾似道有大功，把他封为太师。宋度宗还专门给他修了别墅，遇到什么问题都让他去处理。

　　这时，忽必烈稳定了国内政局，就借口南宋不履行和约，派出大军来打襄阳。襄阳被围了后，贾似道还封锁消息，不让宋度宗知道这件事。

　　有一天，宋度宗问贾似道："我听说襄阳被敌人围了很久了，是不是真的啊？"

　　贾似道却故意装着惊讶的样子说："哪里有这回事，敌人都被我打跑了，您

是听谁说的啊？"

宋度宗说："我刚刚听一个宫女说的。"

贾似道恨这个宫女多说话，出来后就找人把那个宫女杀死了。从此，宋度宗再也听不到前线的消息了。

在蒙古军的围攻下，襄阳越来越危险，可贾似道却一点都不管，整天躲在屋里斗蟋蟀。他不会打仗，可斗蟋蟀的技术却相当高，人们见他只知道斗蟋蟀，就叫他"蟋蟀宰相"。

襄阳最后还是让敌人打下来了，贾似道这时候知道不能再隐瞒了，就说是襄阳守将没守好城，把襄阳守将革了职。

忽必烈打下襄阳后，又马不停蹄地攻打南宋其他地方。这时候，宋度宗病死了，贾似道又拥立了一个四岁的小孩赵显当皇帝，就是宋恭帝。

蒙古军打下鄂州后，贾似道又派人去求和。可这时候，宋朝的大臣和将军已经对贾似道忍无可忍了，于是大家联合起来向皇帝上奏，把他的罪行都揭发了出来。

本来贾似道是要判死刑的，但皇帝念他是三朝元老，就把他流放到循州（今广东龙川）。在路上的时候，一个押送他的官吏郑虎臣气愤不过，在他上厕所的时候，挥起铜锤把他砸死在了厕所里。

三 朝 元 老

历史上把前后被三个皇帝重用的大臣叫做"三朝元老"，现在把在一个机构里工作了很久的人也形象地比喻为"三朝元老"。故事中的贾似道先后被宋理宗、宋度宗、宋恭帝宠信，所以说他是三朝元老。但和别的三朝元老不同的是，别的三朝元老声望很高，也大部分都是清官，他的名声却很臭，还是个奸臣。

留取丹心照汗青

虽然贾似道死了，可宋军的战斗力还是一点没有起色，他们在元军的攻势下节节败退。元军很快逼近了临安。

宋恭帝只是个四岁的孩子，根本不懂国家大事，他祖母谢太后和大臣们一商量，下了一个《哀痛诏》，号召在外地的宋军将领带兵援救临安。但是各地方官大多按兵不动，只等着元军来了就投降，只有文天祥和张世杰两个人立即起了兵。

文天祥是我国著名的民族英雄，他的学问很高，年轻的时候考取过状元，但他后来得罪了贾似道，被贬到赣州当了州官。

尽管被贬，可文天祥的爱国热情一点没有减弱，反而日思夜想着报效宋朝。这次谢太后一下诏，他马上就召集了三万名兵士去保卫临安。

临走的时候，文天祥的朋友告诉他："元军训练有素，又很勇猛，你这支刚召集起来的军队根本就不是对手，你还是别去了。"

文天祥回答说："我也知道是这么回事，但我不能眼睁睁地看着国家遭难，就算是死，我也一定要去。"

文天祥只是个书生，没带兵打过仗，他和张世杰向朝廷建议，集中所有力量跟元军决一死战。可是宰相陈宜中很胆小，不同意文天祥的请求。

　　不久，元军统帅伯颜打到了离临安只有三十多里的皋亭山（今杭州东北），朝廷里一片混乱，很多大臣都偷偷溜走了。谢太后和陈宜中惊慌失措，赶紧让文天祥带着国玺和降表去元军大营求和。

　　文天祥不想投降，但想到可以观察敌营的虚实，就带着大臣吴坚、贾余庆去了。到了伯颜大营，文天祥绝口不提投降的事，反而义正辞严地质问伯颜："你们是想和我们友好呢，还是想存心消灭我们？"

　　伯颜假装说："我们当然想和宋朝保持友好的关系，不想消灭你们。"

　　文天祥说道："既然这样，那就请你们退回去，如果硬要消灭我们，我们的军民一定会和你们对抗到底。"

　　伯颜不高兴地说："你们要是不投降，恐怕我只有动用武力了。"

　　文天祥也气愤地说："我代表宋朝而来，现在国家危急，我已经准备好以身殉国了，不管你们用什么方法，也休想让我屈服。"

　　文天祥说得伯颜没话说，周围的元将也感到了害怕。

　　会谈完了后，伯颜把文天祥扣了下来，只放了吴坚、贾余庆回去。吴坚、贾余庆一回来，就给谢太后说文天祥坚决不投降，谢太后怕命保不住，赶紧派了贾余庆单独去元军大营求降。

　　伯颜接受降表后，把文天祥请过来，告诉他南宋已经投降了。文天祥气得把贾余庆狠狠骂了一顿，可是，宋朝投降的事已经成了定局了。

　　1276年，伯颜占领了临安，谢太后和宋恭帝投降，伯颜把他们和文天祥一起都押往大都（今北京）。

一路上，文天祥都在想怎么逃出去召集军民反抗。走到镇江的时候，文天祥趁元军没有防备，逃了出来。

文天祥走到南剑州(今福建南平)，召集了一些人马与元军抗衡。他亲自指挥作战，取得了一些胜利。

元军自南侵以来，每次都打胜仗，这次却在文天祥手中吃了败仗，便把他当作头号敌人。毕竟元军太多，文天祥最后还是被元军抓住了。

元军统帅认为文天祥是个人才，就想让他投降。可不管元军统帅怎么说，文天祥就是不答应。元军统帅没办法，把文天祥软禁在了船上，押往大都。

路过零丁洋(在广东珠江口外)的时候，文天祥想起自己一生为国，现在却被敌人俘虏，他悲从心来，写下了千古名作《过零丁洋》：

辛苦遭逢起一经，干戈寥落四周星。

惶恐滩头说惶恐，零丁洋里叹零丁。

人生自古谁无死，留取丹心照汗青。

元军将领张弘范还想劝文天祥投降，文天祥就把自己写的《过零丁洋》给他看。当张弘范看到"人生自古谁无死，留取丹心照汗青"两句时，知道文天祥决定以死报国了，就再也不提投降的事了。

到了大都，文天祥被关了三年，可他始终坚持自己的理想。忽必烈只好下令杀了他。文天祥死的时候，才四十七岁。

汗 青

在纸没有出现以前，古代人就在竹简上写字。制作竹简的时候，要先用火烤青竹，使竹中的水分像汗一样渗出来，这样既可以方便书写，也可以防止竹简被虫蛀，这道工序就叫"汗青"。后来人们不用竹简了，就用"汗青"代表历史书。文天祥说"留取丹心照汗青"，就是说他的忠君爱国的心一定会光耀史册。

崖山之战

文天祥被抓的时候,南宋大臣陆秀夫、张世杰逃到了福州,他们不甘心南宋就这样灭亡了,于是拥立宋恭帝九岁的哥哥赵昰(shì)当了皇帝,继续打起宋朝的旗帜,对抗元朝。

可是没过多久,元军就打到了福州,宋朝的军队很少,张世杰跟陆秀夫眼看没有取胜的希望,就带着赵昰逃到了海上,准备去广东躲避。没想到他们在海上时,遇到一场飓风,差点把他们的船打翻了,赵昰受了惊吓,竟然得病死了。

张世杰和陆秀夫是忠臣,他们觉得宋朝不能就这样完了,于是两人又拥立了宋恭帝另一个哥哥,六岁的赵昺(bǐng)来当皇帝。

一行人逃到了崖山(今广东新会南),这里地势险要,可以固守。陆秀夫和张世杰就在这里把所有的大船用铁索穿连,一字排开,又建起像城楼一样的居所让赵昺居住,全军上下都抱着和元朝拼一死战的决心。

元朝大将张弘范对元世祖说,如果不把赵昺他们打败,他们就可能召集到更多的人,对元朝威胁很大。元世祖觉得张弘范说得对,就让他带着水军去崖山,又让大将李恒率陆军攻打广州。

张弘范的军队到了崖山附近后,派人向张世杰劝降,张世杰回答说:"我知道投降元朝后,我不但可以活命,还可以得到富贵。但是,我却不会这么做,我宁可丢掉脑袋,也绝不会投降。"

张弘范还不甘心,他知道张世杰很佩服文天祥,就要文天祥写信给张世杰。文天祥当然不同意,冷冷地说:"我自己不能救父母(父母比喻宋朝),难道我还会劝别人背叛父母吗?"

张世杰又派人向厓山上的守军喊话："你们的宰相都跑了,你们就凭这么点兵力能干什么,还是投降吧。"可宋朝的将士不为所动,宁死也不投降。

张弘范知道不能劝降,只好攻打厓山。他看到宋军把战船连在了一起,就在元军的小船里装上茅草,淋上火油,点着了火向宋军冲去。张世杰早知道元军会这么做,就在船上都涂了一层湿的泥土,元军的火一时烧不着,只好改变战法。

张弘范派他的船把海道封锁起来,让宋军不能从陆地上运粮食过来。宋军没有了粮食,只好吃干粮,喝海水,海水又苦又咸,宋军喝了后好多人都呕吐起来。张弘范又率军猛攻,可宋军依然誓死抵抗,又打退了元军的进攻。

这时候,李恒也从广州来到了厓山,元军的势力增强了,就重新组织进攻。张弘范把元军分成四组,落潮的时候从

北面冲击,涨潮的时候又从南面冲击。

宋军南北受敌,正在拼命招架的时候,突然听到张弘范的船奏起了音乐。宋军以为张弘范在举行宴会,就有点松懈。可哪里知道,这正是张弘范总攻的信号。乐声响起后,张弘范下令放箭,元军的箭像雨点般射到宋军船上,箭射完后,元军就一窝蜂地冲了出来,夺走了宋军的七条战船。

张世杰知道大势已去,急忙把精兵聚到中军,又派人去接赵昺,准备突围。当时赵昺由陆秀夫带着,他不知道接赵昺的人是张世杰,还以为是元军派来的呢,就拒绝了张世杰的使者。

到了这一步,陆秀夫知道怎么拼命都突围不出去了,他就回头对赵昺说:"国家到了这种情况,陛下也只有以身殉国了。"说完,陆秀夫就背着赵昺一起跳进了海中。大臣们见此情况,都流下了眼泪,很多人还跟着陆秀夫一起跳进了海中。

张世杰没等到赵昺,只好指挥战船,趁着晚上突围。到了海陵山的时候,张世杰发现自己的战船只剩下十多艘了。

恰好这个时候,海面上又刮起了飓风,将士都劝张世杰上岸躲避。张世杰说:"没有用了,我一心为了宋朝,今天到了这种田地,是上天要灭亡宋朝啊。"说完,风浪越来越大,把张世杰的船打翻了,张世杰也落水牺牲了。

就这样,1279年2月,宋朝最终走向了灭亡。

宋亡三杰

在宋朝灭亡的时候,大多数大臣都选择了逃跑和投降,只有张世杰、陆秀夫和文天祥三个人誓死抵抗,以身殉国,因此人们又称他们为"宋亡三杰"。张世杰和陆秀夫最后战斗的厓山,过去是在大海里,但现在已经和陆地连在了一起,这里还有好些张世杰、陆秀夫战斗的遗迹,成了一处旅游胜地。